パーシーと気むずかし屋のカウボーイ

ウルフ・スタルク
菱木晃子 訳
はたこうしろう 絵

「わしのいったとおりだ」と祖父はいった。「食いすぎると、こういうことになるのだ。寝室にいる馬だなんて、きいたことがない」

〜ディラン・トマス『子犬のころの芸術家の肖像』より

パーシーと気むずかし屋のカウボーイ

もくじ

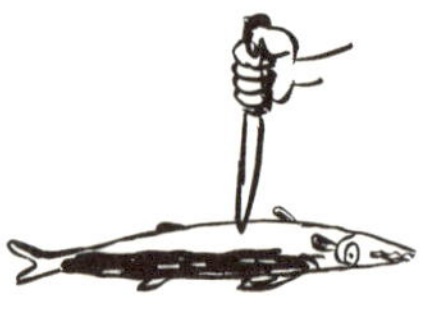

1 パーシーとぼくが〈血の兄弟〉になる

ほかのどんな日よりも、とくべつ楽しみにしている日というのがある。そう、ぼくたちはこの日がくるのを、一年も前から楽しみにしていた。

教室の窓《まど》から、太陽の光がさしこんでいた。その光は、ぼくたちの水でとかしつけた頭や、教卓《きょうたく》に置かれた赤いリンゴに、おしみなくふりそそいだ。

ああ、人生は、なんて楽しいんだろう。だって、いよいよ、夏休みがはじまるんだもの。

もうとっくに、机《つくえ》の掃除《そうじ》もすませた。

ぼくの頭の中は、楽しいことであふれかえっていた。

なにを考えていたかって？

それは、クラッセのこと、ピーアのこと、怒《おこ》りん坊《ぼう》で太ったおじいちゃんのこと、イラクサのにおい、バルト海の岩礁《がんしょう》をぬって進む船、船が通ったあとの波間にもぐるときの気持ちよさ、というようなことだった。

そのとき突然《とつぜん》、パーシーがぼくの肩《かた》をたたき、しわだらけのメモを顔の前につきだした。

歌がはじまったら、ずらかろうぜ！


顔をあげると、ちょうど先生がオルガンのところへ歩いていくところだった。

「さあ、みんなでうたいましょう」先生はいった。

先生はメルタ・リンドクヴィストといい、臨時《りんじ》の教師だった。まっ赤な口紅《くちべに》をぬり、赤い靴《くつ》をはき、ウエストには赤くて細いビニールのベルトをしめている。歩くたびに、黄色いワンピースのすそが、風にそよぐ麦の穂《ほ》のようにさらさらとゆれる。

先生はスズランの香《かお》りがする。

先生がほほえむと、教室のうしろにいるぼくたちの親もにっこりとほほえむ。先生のほほえみは、伝染性《でんせんせい》があるんだ。

「みんな、いっしょにうたいましょうね」先生はほほえみ、オルガンを弾《ひ》きはじめた。

『風にそよぐ麦畑』という歌だった。先生が知っているいちばんきれいな曲だ。

ぼくは、みんなの美しいハーモニーのじゃまをしないように、口をぱくぱくさせるだけにした。

うしろの親たちも、だいたいの人はそうしていた。

ところが、ぼくのママだけはちがった。ママときたら大きな声をだして、いつも家でうたうときのようにビブラートまでつけた。

ぼくは、ずらかる合図にパーシーに目配せした。ママががっかりすることはわかっていたけれど、あんなにまで大声でうたう必要があるだろうか、と思った。

「ちょっと、あなたたち。どこへ行くの？」先生が気がついて、パーシーとぼくを呼《よ》び止《と》めた。

「もう夏休みだぜ。待ちきれないよ」とパーシー。

「どうぞ楽しい夏休みを」ぼくもいった。

「ええ、あなたたちもね。新学期になったら、また会いましょう」先生は、ほほえんで見逃《みのが》してくれた。

通りがけに、パーシーは教卓《きょうたく》からリンゴをぱっとつかんだ。

ぼくたちは廊下《ろうか》へ走りでた。

扉《とびら》を開けて校庭にとびだすと、太陽がかっとぼくたちを照らした。

小鳥たちが陽気にさえずっている。空は、ぬけるように青く高い。

最高！　ぼくは思った。

パーシーとぼくはエンシェーデ原まで歩いていき、スキーのジャンプ台のてっぺんに腰《こし》かけた。

冬になると、幅《はば》の広いスキーをはいた選手たちが自分の番を待つ場所だ。

でもいまは、暖《あたた》かい風が木の柱や梁《はり》のあいだをふきぬけ、ぼくたちの水でとかしつけていた髪《かみ》をかきあげていた。

二人とも、終業式にしめていたネクタイをはずして、ズボンのポケットにつっこんだ。靴《くつ》も靴下《くつした》もぬいで、足の指一本一本にも夏休みがはじまったことを感じさせてやった。

パーシーは教卓《きょうたく》からとってきたリンゴを、折りたたみ式のナイフでふたつに切りわけた。そして大きいほうを自分がとると、ぼくにきいた。

「夏休みのあいだ、ウルフはなにするんだ?」

「おじいちゃんとおばあちゃんが住んでいる島へ行くよ。毎年そうするんだ」

「島では、なにをする?」

「いろんなことさ。パーシーは?」ぼくがききかえすと、パーシーはだまりこんだ。

おでこにしわをよせ、リンゴの芯《しん》をペッと地面にむかってはきだすと、食肉工場の方に目をやった。寂《さび》しそうな顔になっている。

でもナイフの刃《は》を親指にあてると、すぐに顔を輝《かがや》かせて、ぼくにいった。

「おれたち、知りあって長いよな?」

「うん」

「どれくらいだ?」

「三年……」

「そうだ、三年だ。じゃあ、そろそろ〈血の兄弟〉になってもいいんじゃないか？」

「えっ？〈血の兄弟〉？」ぼくがききかえすと、パーシーは得意になって説明をはじめた。

「それぞれの親指をちょっとだけ切って、血をまぜあい、兄弟になることを誓《ちか》うんだ。おれがナイフを持っていて、本当に運がよかった」パーシーは、汚《よご》れていたナイフの刃《は》をズボンでふいた。

ぼくは、これまでに受けた血液検査のことを思いだした。

ぼくは、血液検査が大きらいだった。

「お、おもしろいとは思うけど……。病気がうつったらどうするの？血にバイキンが入ったら、死んじゃうんだよ、知ってるよね？」

ぼくのパパは歯医者さんだから、バイキンについてなら、ぼくにもすこしは知識があった。

「そうさ。でも、はじめに刃《は》を消毒すれば、だいじょうぶさ」パーシーはいった。

ぼくはもう、なにもいいかえせなかった。パーシーはいつもポケットにマッチを入れている。

パーシーはさっそくマッチに火をつけると、ナイフの刃《は》が煤《すす》で黒くなるまで炎《ほのお》にかざした。そしてまず自分の親指を、つづいてぼくの親指をすばやく切った。

一瞬《いっしゅん》、ぴりっとした。でも、不思議と気分はよかった。いままでとはちがう、なにかとくべつな、あらたまった感じがした。

「これでよし」パーシーはいった。「おれたちは、今日から〈血の兄弟〉だ。その意味がわかるか？」

「ううん」

「つまりだな、おれたちはおたがいに、夏休みにそれぞれの田舎《いなか》へついていっていいってことだ。でも、おれには田舎《いなか》がない。だから、おれがおまえの田舎《いなか》、つまりその島へついていくってことだ」

ぼくには、自分がそれを望んでいるのかどうか、よくわからなかった。

たしかにパーシーはぼくの親友だけれど、島へ行けば、ぼくにはほかにもたくさん友だちがいた。クラッセ、ベンケ、ウッフェ・E、レッフェ。それにピーアも。パーシーがあの子たちと仲よくなれるとは思えなかった。パパとママがパーシーをつれていくことを喜ぶとも思えなかった。にいちゃんだって、反対だろう。

そして、なによりもたしかなのは、もう一人、家の中に子どもがふえることを、おじいちゃんがぜったいに歓迎《かんげい》しない、ということだった。にいちゃんとぼくの二人だけでも、うんざりなのに。おじいちゃんは、子どもがきらいなんだ。子どもだけでなく、おとなやほかの生き物だって、そんなに好きではないみたいだ。

「いいかどうか、わからないなあ。おじいちゃんは、いつも機嫌《きげん》が悪いんだよな」ぼくはつぶやくようにいった。

「関係ないさ。おれ、夏休みに田舎《いなか》へ行ったことないんだ。じいさんのことは、ぜんぜん気にしない」

「だったら、ぜったいに、おじいちゃんをからかわないって約束できる？」

「おれが、どういう男か知ってるだろ？」パーシーは胸《むね》をはった。

もちろん、ぼくは知っていた。だからこそ、心配だった。だれかれかまわず人をからかえる、それがパーシーだ。でも、ぼくは〈血の兄弟〉になったばかりのパーシーに、島にくるなとはいえなかった。

「だったら、ぼくが島へ行って、しばらくしてからくるといい。準備しておくから」

「ってことは、いつ行けばいいんだ？」

「七月十二日。ぼくの誕生日《たんじょうび》」ぼくがいったとたん、パーシーはぼくをぎゅっと抱《だ》きしめた。

ぼくたちは、そのままごろんごろんとジャンプ台の斜面《しゃめん》をころがりおちた。ころがりながら、パーシーはさけんだ。

「誕生日《たんじょうび》おめでとう！　先にいっておくぜ！」

家へ帰ると、豚肉《ぶたにく》がこげてしまったとさわいでいるママの声が玄関《げんかん》まできこえた。

台所へ行くと、ママはいった。

「ウルフ、どうして歌のとちゅうで、いなくなったりしたの？　なんで、あんなことしたの？　ああ、せっかくの豚肉《ぶたにく》がこげてしまったわ。いったい、どうしてとちゅうでいなくなったのよ？」

「おしっこに行きたかったんだ」

「パーシーは？」

「パーシーもだよ」ぼくはこたえた。それから、にっこりと笑い、ママに野バラの花をさしだした。

「はい。これ、プレゼント」

ぼくはママが怒《おこ》っているとわかっていたから、帰り道にオルソンさんちの生垣《いけがき》で野バラの花をつんできた。野バラの花がママの気持ちをやわらげるのに役にたつ、と思ったんだ。

「ありがとう」ママはいった。「でも、とにかく、お行儀《ぎょうぎ》のいい子は、終業式のとちゅうでいなくなったりしないって、わかってちょうだい。あなたのパパは歯医者さんなんだから」

「いけない、忘《わす》れてた」ぼくはそういって、恥《は》ずかしそうに首をかしげてみせた。このしぐさも、ママにはいつも有効なんだ。

「それに、ウルフ。よそゆきのズボンに、血のしみがついてるじゃないの？」ママはため息まじりにいった。でも、その声はもうやわらかくなっていた。

「花をつんだときに、とげにひっかかっちゃって……」

「まあ、そうだったの。洗濯機《せんたくき》で洗《あら》えばすむことだけれど。でもね、ママはときどき思うのよ。あなたがパーシーといつもいっしょにいるのが、本当にいいことなのかしらって。あの子は心の中はとても純粋《じゅんすい》だけれど、いたずらばかりするでしょ。だから夏休みのあいだ、あたしたちが島へ行くのはいいことだ、とママは思うの。しばらくパーシーとはなれていられるもの。ねえ、そう思わない？」

「そう思うよ」

「じゃあ、今日のことは、パパにはないしょにしておいてあげるわね」

「うん、そうして」ぼくはママにいいながら、パーシーを島へ招待したこともないしょにしようと思った。

そんなわけで、パパは食事のあいだ、とても機嫌《きげん》がよかった。もうすぐ、おじいちゃんとおばあちゃんの住む島へ行けるからだ。日常のありとあらゆる心配ごとから解放される夏休みを、心から待ち望んでいるんだ。

パパはにこにこしながら、キャベツの煮込《にこ》みを口いっぱいにほおばった。ぼくの皿にむかって、乾《かわ》いた鼻くそをはじきとばしたにいちゃんを見ても、顔色ひとつ変えなかった。豚肉《ぶたにく》がこげていることにも気がつかなかった。しかも、めずらしく冗談《じょうだん》までいった。

「今日の食事は、牛負けた！　馬勝った、うまかった！」

だれも笑わなかった。

② ぼくが服を着たまま、海におっこちる

結局、出発前には、ぼくはパーシーを島へ招待したことを、パパにもママにも話せなかった。みんな、荷作りに忙《いそが》しかった。

ぼくは冷蔵庫《れいぞうこ》に残っていたチーズと、お絵かき用のブロックノートと、ママのほうのおじいちゃんからもらったさやナイフを入れた。

にいちゃんは、『スーパーマン』や『ファントム』の漫画本《まんがぼん》をひと束、自分のカバンにおしこんだ。ママはカバンふたつと大きなトランクを、いろんなものでいっぱいにした。パパはパイプを入れた。

「さあ、出発！」パパのかけ声とともに、ぼくたちは出発した。

島までは、プレット号という自家用の船で行く。エンジン付き二本マストの小型船だ。外海に出たら、エンジンを止めて帆《ほ》で進むこともできる。

船にのっているあいだ、ぼくはたいてい船尾《せんび》にあるキャビンにひきこもっていた。チーズを食べ

おえると、おでこを床《ゆか》におしつけた。こうしていると、頭全体がぶるぶるふるえて、船酔《ふなよ》いを忘《わす》れることができるからだ。

　船酔《ふなよ》いを忘《わす》れるために、ぼくはピーアのことも考えた。

　ブロックノートをとりだした。ページのいちばん上に、大文字でP、I、Aと書いてみる。もうそれだけで気分がよくなってきた。

　でも、顔はどんなだっただろうか？　髪《かみ》が黒っぽかったことと、愛嬌《あいきょう》があったことだけは思いだせた。でも、唇《くちびる》はどんなだったろう？　鼻は？　目は？　顔すら思いだせない女の子を、どうしてぼくは好きでいられるんだ？

　ノートの顔は、目も鼻も口もなかった。あごの形もちがうみたいだ。片方《かたほう》の目を描《えが》いてみたけれど、すぐに消した。眉毛《まゆげ》もちがう。

「くそっ」ぼくは、だれにもきこえないように小声でつぶやいた。

　それから、ピーアの笑い声を思いだそうとした。今度はすこしうまくいった。ぼくをくすぐったくさせる、かすれるような笑い声だ。ともかく、去年の夏はそうだった。あの笑い声は、今年の夏も変わらずにいてくれるだろうか。

　そのとき、にいちゃんがキャビンのドアを開けて、顔をだした。目と鼻と口のない絵をのぞきこむと、にいちゃんはいった。

「うまいじゃないか!」

「じゃまする前にノックぐらいしてよ」ぼくはいった。

「ごめん、ごめん」にいちゃんはカバンの中から『ファントム』を一冊《さつ》ひきぬくと、太陽のふりそそぐデッキへとびだしていった。

ぼくはピーアのページをやぶき、紙飛行機を折った。

それからデッキへ行って、飛行機をとばした。

飛行機ははじめ、風にのって美しい弧《こ》を描《えが》いたけれど、すぐに墜落《ついらく》し、波にただようカモメのように、水の上をぷかぷかと流されていった。

パパは舵《かじ》をにぎりながら、うれしそうに口笛をふいていた。白い船員帽《せんいんぼう》をはすにかぶっているのは、機嫌《きげん》がいい証拠《しょうこ》だ。

島へ行くときは、いつもそうだ。ディズニー映画《えいが》の曲を口笛でふきながら、パイプをふかす。口笛のメロディーは、パイプの煙《けむり》とともに風に運ばれていく。

パパは水面にむかって目を細め、通りすぎていく岩礁《がんしょう》や小島を見ては、うんうんとうなずいた。

ママはデッキのいちばんうしろにすわって、セーターを編んでいた。にいちゃんは漫画《まんが》を読んでいる。パパは漫画《まんが》が大きらいだけれど、船の上ではなにもいわない。だって、いまは島へ行くとこ

ろなんだから。

ぼくは目を閉《と》じて、むかむかしてきた胃のことを考えないようにした。

「ほら、ウルフ。左舷《さげん》を見てごらん。なにが見えるかい？」パパがぼくに声をかけた。

ぼくは、まるっきり反対の方に目をやった。小島の桟橋《さんばし》めがけて泳いでいくカモメが数羽《わ》と、屋外トイレからでてきた男の人が見えた。

「とくに、なにも」ぼくがこたえると、パパは「おまえはいつになったら、左舷《さげん》と右舷《うげん》の区別ができるようになるんだね。まあ、そのうちわかるようになるだろう」といった。

「うん、そのうちにね」ぼくもいった。

ぼくが見なくてはいけなかったのは、灯台だった。

毎年、この灯台を通りすぎるときが、食事の時間なんだ。ここでちょうど、島まで半分の距離《きょり》だからだ。

ママはエンジンカバーの上に、お弁当をひろげた。

ソーセージとキュウリのサンドイッチ、それに牛乳《ぎゅうにゅう》だ。

「すばらしいだろ？」パパはかみしめるようにいうと、舵《かじ》をはなし、ママの頬《ほお》をなで、サンドイッチに手をのばした。

「すばらしいって、なにがですか？」ママがたずねた。

「すべてがだよ」

パパは、歯医者の仕事と、日常の雑事と、いつもパッキングがこわれるまできつく蛇口《じゃぐち》を閉《し》める看護婦《かんごふ》さんから解放されてすばらしい、といいたいんだ。魂《たましい》に自由を得たということだ。

「ええ、そうね」ママはうなずいた。

「なにか、うたってくれないか？」パパがママにいった。

「だめよ、食べてるときは」ママはそういいながらも、にっこりとほほえんだ。パパほど気分は高揚《こうよう》していないけれど、ママも機嫌《きげん》がいいことはまちがいなかった。

ぼくは考えた。パーシーがくることを話すなら、いまだ。

「話しておきたいことがあるんだけど」ぼくはきりだした。

「楽しいことかしら？」とママ。

「うん、もちろんさ」

「なんだい？」とパパ。

すると、にいちゃんも『ファントム』から顔をあげた。

「どうせ、ピーアのことが大好きだから、大きくなったらストックホルムの大教会で結婚式《けっこんしき》をするとか、そういうことだろ？」

「だまれ！」ぼくはさけんだとたん、口の中の牛乳《ぎゅうにゅう》をにいちゃんの顔にぶちまけた。

いつもなら、ここでパパが怒《おこ》りだすはずだ。

でも島へ行くとちゅうだから、髪《かみ》の毛《け》から牛乳《ぎゅうにゅう》をしたたらせて、ぼくにむかってきたにいちゃんをおしとどめただけだった。

「こらこら、弟をからかうもんじゃないぞ。好きという気持ちは、もっともデリケートな感情なんだ」

それから、パパはぼくを見てつづけた。

「ウルフも、悪態をついたりしちゃいかん。今夜は歯を二回みがいて、口を清めなさい。けんかはおしまいだ、いいね。ウルフ、牛乳《ぎゅうにゅう》のおかわりは？」

ぼくは飲みたくなかった。気持ちが悪くなっていた。

「それで、ウルフ。話ってなんなの？」ママがきいた。

「べつに」ぼくはそういうと、パパの方にむきなおった。「どうして、いつもこんなにのろのろと船を進ませるの？　もっとスピードだしてよ！」

パパは最高でも七ノットしかださない。景色《けしき》をゆっくりと楽しむために。それから、燃料を節約するため。

ぼくはキャビンにもどると、またおでこを床《ゆか》におしつけた。

パパが警笛《けいてき》を長く三回、短く一回鳴らしたので、ぼくはデッキに出ていった。もうすぐ着くという合図だった。

海を見おろす丘《おか》の上に、おじいちゃんとおばあちゃんの、メレンゲのように白い家がある。おじいちゃんが自分でたてた家だ。平らな屋根に塔《とう》がふたつ。ベランダでは、おばあちゃんがホコリ拭《ふ》き用の雑巾《ぞうきん》をふっている。

おじいちゃんは、たいてい庭にいて、土の中から石を掘《ほ》り起《お》こしている。ぼくたちの船がエンジンの音を響《ひび》かせて近づいていくと、やはり庭に出ていたおじいちゃんは、スコップを持ちあげて敬《けい》礼《れい》した。

庭の旗竿《はたざお》には、国旗まであげてあった。

船が家の斜面《しゃめん》の下にある入江《いりえ》の桟橋《さんばし》に着き、にいちゃんがいかりをおろすと、パパはいった。

「ああ、ほっとするなあ。神のあたえたもう平和のときのはじまりだよ」

「そこまで安心しないほうがいいんじゃないかしら？」ママがいった。

「そうだよ。気をぬかないほうがいいと思うよ」ぼくもいった。

自然の力もまた、ほっとなんかさせないぞといっているように見えた。ぼくたちの頭の上では、アジサシやカモメが雲のようにむらがってとんでいた。

入江《いりえ》のむこうに目をやると、海に突《つ》きでた岩場でピーアがカマスをさばいていた。

「ほら、おまえの恋人《こいびと》がいるぞ」にいちゃんはそういうと、だれにも見えないように、ぼくの太股《ふともも》をつねった。

「関係ないよ」ぼくは小声でいいかえした。

でも、ぼくの目はもうピーアにくぎづけになっていた。

唇《くちびる》、目、鼻、あご、そして赤い水着。そうだ、ピーアはこういう子だったんだ。

体型はぼくが覚えていたとおりにすらりとしていて、でも去年より、ある部分はすこし大きくなったみたいだった。

ピーアはぼくたちに気づくと、カマスを高くかかげて、ふってみせた。

「ウルフ、久しぶり！　あとで港の突堤《とってい》にきて。いっしょに泳がない？」

「今日はだめだと思う。クラッセに会わないといけないんだ」にいちゃんがそばできいていたから、ぼくはピーアにこう返事した。

「そう」ピーアはカマスをかかげていた腕《うで》をおろした。

舳先《へさき》のキャビンからトランクをひきずりだしたパパが、あえぎながらピーアに話しかけた。

「本当に、りっぱな魚だねえ」

「二、三人分にしかなりませんけどね。蒸気船《じょうきせん》の桟橋《さんばし》の近くでつかまえたの」ピーアはそういいながら、カマスの腹《はら》を切り開き、はらわたをとりだしてすてた。

ぼくたち家族はいっしょに、重たいトランクを桟橋《さんばし》におろした。

「荷車をとってくる」パパがいった。「ほかの荷物をおろしておいてくれ」

おじいちゃんは毎年、ポンプのそばのハンノキのかげに荷車を置いておいてくれる。そうすれば、ぼくたちが丘《おか》の上の家まで荷物を抱《かか》えて歩かずにすむからだ。

ぼくは、長靴《ながぐつ》と傘《かさ》とレインコートの入った木箱を運びながら、ふとピーアの笑い声のことを考えた。ピーアの笑い声は、今年も去年と同じだろうか。

そのとき、足がデッキのロープ留めにひっかかった。ぼくは木箱をはなし、両腕《りょううで》をばたつかせ、そのまま船から海におちた。

水は思っていたより温かかった。

水面に浮《う》かびあがると、カモメの鳴き声にまじって、ピーアの笑い声がきこえた。それは去年の夏と同じようにかすれていて、激《はげ》しく、大げさで、心ゆさぶるものだった。

「ドジなやつめ！」にいちゃんは鼻でせせら笑った。

ぼくは、なにもいわなかった。ただ、ほほえみ、せきこみ、幸せのあまりに、口から水をピューッとふきだした。

「どうかしたのか？」パパがハンノキのところから、さけんだ。

「ウルフが海に雨具《あまぐ》を投げすてただけだよ」にいちゃんがこたえた。

「えっ、なんでまた！」パパは声をあげた。

３　ぼくは、おじいちゃんとアオムシとクラッセに会う

荷物をいっぱいにつんだ荷車は重くて、パパは息をきらした。

荷台のいちばん下には、宝箱《たからばこ》みたいな、黒い鉄の鎖《くさり》がまいてあるアルミ製のトランクがのっている。中には、衣類、シーツ、調理用の電動ミキサー、ママの分厚い料理のレシピ、パパのフランスの推理《すいり》小説が入っている。トランクの上には、丸めたハンモックやたいせつなものをつめたダンボール箱がいくつものっていた。

「しっかり、おしてくれ。一、二、一、二……」ハンドルをひいているパパが、声をかける。にいちゃんとぼくは、うしろからおす役だ。

ときどきパパは足を止め、船員帽《せんいんぼう》でおでこの汗《あせ》をぬぐった。着ているナイロンのシャツも汗《あせ》ばんでいる。

おじいちゃんの家までつづく坂道は急で、あちこちに角ばった石がころがっていた。道に石をばらまいたのも、おじいちゃんだ。

「のろってやる、こんなひどい道！」パパが大声をあげたとたん、「なんだと？」と、おじいちゃんの声がした。

おじいちゃんは日の光を背《せ》に受けて、道のすこし上の方に立っていた。影《かげ》がぼくたちにかぶさる。長くて、黒くて、ふにゃふにゃしている影《かげ》。昔、おじいちゃんが大西洋横断のとちゅうでノックアウトしたとかいう缶焚《かまた》きの男は、こんな感じだっただろうか。

実際のおじいちゃんは、背《せ》が低く、太っていて、鼻は大きく骨《ほね》ばっている。

「お父さん、やっとこられましたよ、家族全員で」パパが話しかけると、おじいちゃんは「わしは目が悪いが、まったく見えないわけではない」とぴしゃりといった。

「ごぶさたしてました、オジサマ」ママが進み出た。ママはおじいちゃんのことをオジサマと呼《よ》ぶ。

おじいちゃんは、灰色《はいいろ》の古びたフェルトのカウボーイハットを持ちあげた。はげた頭が日光を反《はん》射《しゃ》し、まぶしい。

おじいちゃんはまずママに、それから残りの三人にむかってうなずいた。

「おう」おじいちゃんは、あいさつのとき、いつも「おう」とか「おはよう」とかしかいわない。それで、おしまい。

おじいちゃんは帽子《ぼうし》をかぶりなおすと、荷物の山を指さした。

「なんだね、その大荷物は？　まさか、ストックホルムの家にある荷物の半分を持ってきたわけじゃないだろう」

「必要なものばかりですわ」ママがいった。

「荷車でひくのに耐《た》えられる以上のものを持ってくることはない。まったく……」おじいちゃんはうなるようにいうと、「ハンドルをはなせ！　子どもたちも荷車からはなれろ！」と命令した。そしてハンドルをくぐって胸《むね》の前に支え、たけだけしい小さな馬のように、いきおいよくひきはじめた。

　耳はまっ赤になり、首筋《くびすじ》に汗《あせ》がふきだした。それでも、おじいちゃんはひとりで荷車をひいていった。

　ぼくたちは、あとにつづいた。

「お父さん、だいじょうぶですか？」パパが声をかけた。

「なんだと？　わしを年寄りの役立たずだとでも思っているのか？」

おじいちゃんはどなりかえした。

　それから、あれこれ文句をならべた。イチゴ畑でナメクジが略奪《りゃくだつ》をくりかえす。うちの前にテントを張ったバカな旅行者がいた。うるさいハチのせいで夜の半分もねむれない。

「そして、おまえたちがきて、ガラクタを家じゅうにちらかすんだ。まったくな。いつだったか、夜中に庭の便所へ行こうとして、ミニカーにけつまずいたことがあったぞ。わしは敷居《しきい》にひざをぶ

つけた。おかげで、あの夏の半分は、足をひきずって歩かなければならなかった」

おじいちゃんは、家の中に入るまでずっと文句をいいつづけた。

台所の入口では、おばあちゃんが待っていた。

おばあちゃんはパンケーキを山ほど焼きあげ、手作りのイチゴジャムをひと瓶《びん》、テーブルに置いていた。ぼくたちがくるときはきまって、こうするのだ。ママがこの家にいるあいだに、おばあちゃんが料理をするのは、このときだけだ。

「ああ、チビちゃんたち。あなたたちがくるのを、ずっと待ってたのよ」

おばあちゃんはそういって、両腕《りょううで》をひろげた。

そしてまずパパを、それからにいちゃんを抱《だ》きしめた。

ぼくとは握手《あくしゅ》しただけだった。ぼくは、まだ体じゅうがぬれていたから。

ぼくたちはダイニングルームのテーブルに着いた。

「食事がすんだら、なにするの？」おばあちゃんがぼくにきいた。「村へおりていって、遊ぶの？」

「ぼくは、もう遊んだりしないよ。でも、クラッセのところへは行くよ」

ぼくがこたえたとたん、おじいちゃんがいった。

「クラッセのところへすぐには行かせん。まずはアオムシを十匹《ぴき》つかまえて殺すのだ！」

おじいちゃんはアオムシが大きらいだった。だから、にいちゃんとぼくが畑のキャベツについているアオムシをつかまえると、報酬《ほうしゅう》として一匹《ぴき》につき五エーレくれた。

ほかにも、おじいちゃんがきらいなものはたくさんあった。ブンブンいうもの、チクチクささるもの、イライラさせるものはきらいだった。

畑で育てているものに悪影響《あくえいきょう》をおよぼすものも、全部きらいだった。とくに、イチゴ畑のまん中にある大きくて黒い岩を、おじいちゃんはきらっていた。岩は、植物の成長をさまたげる日かげを作るからだ。

ぼくがアオムシを袋《ふくろ》に入れて持っていくと、おじいちゃんはあごをしゃくって岩をさした。

「ああ、なんていまいましい岩だ」

「どうして、そんなにいまいましいの？」

「どうしてだと？　おまえには目がついてないのか？　こんなに日かげができているじゃないか。こんな日かげのもとでは、なにも生きていけん」

ぼくは日かげに目を移した。というより、袋《ふくろ》を見ていたくなかったからだ。おじいちゃんが地面におとし、足でふみつぶす袋《ふくろ》を。

「だったら、岩を爆破《ばくは》しちゃえばいいじゃない？」ぼくはいった。

「爆破《ばくは》か。だが、わしは自分の力で、あの岩をどけてやりたいのだ。それで、おまえにいくらはらえばいい?」

「二クローネだよ」

アオムシひと袋《ふくろ》は、二クローネときまっていた。

「じゃあ、あとでわたそう。よし、もう遊んできていいぞ」

おじいちゃんのゆるしが出たので、ぼくはさっそくそのとおりにした。

夏のあいだ、クラッセと両親は、村の中にある家の二階を借りて住んでいた。毎年島へくると、クラッセはお父さんのいいつけで、なにか役にたつこと、勉強になることをしなければならなかった。それをやりとげないと、夏休みだというのに友だちと遊びにも行かせてもらえないんだ。

たとえば去年の夏、クラッセは蝶《ちょう》を集めた。名前を調べて、針《はり》でとめて、ガラスのふたのついた箱にならべた。二年前は、いろんな木の葉を集めて、ノートに貼《は》るのが課題だった。

玄関《げんかん》のドアを開けたクラッセは、ぼくを見てもにこりともしなかった。

ぼくはクラッセを喜ばせようと思って、パパの診察室《しんさつしつ》にすててあった入れ歯をはめていた。入れ歯のおかげで、ごく自然に、上あごのあたりに美しいほほえみが浮《う》かぶ。

でも、クラッセはぼくに暗い視線《しせん》を投げかけるといった。

「早くはずせよ。ふざけている場合じゃない。気分は最低さ」

ぼくは入れ歯をはずしてポケットにしまうと、クラッセにきいた。

「今年はなにをしなくちゃならないの？　動物の糞《ふん》でも集めるのかな？」

「いいや、集めなくちゃいけないのは甲虫《こうちゅう》だ」クラッセはため息をついた。「もう十六匹《ぴき》、集めた」

「うまくいってるじゃない？」

「甲虫《こうちゅう》が何種類いるか知ってて、いってるのか？」

「ううん」

「三十万種類だ。スウェーデンだけでも四千種類はいる」

「そんなに……」

「そうさ。でも、ぼくが集めるのは、三十五種類でいいんだ。

それに、パパにないしょで二匹《ひき》隠《かく》してあるから、今夜は遊んでも平気さ」

「じゃあ、突堤《とってい》へ行かない？」

「いいよ。でも、まずは一服しよう」

　クラッセとぼくは、灯台や岩礁《がんしょう》や海を見わたせる岩山へタバコを吸《す》いにいった。沖《おき》に目をやると、海は、はるか彼方《かなた》の水平線までつづいていた。

「いい景色《けしき》だね」ぼくはつぶやいた。

「そう？」すでに一週間前に島にきていたクラッセはいった。

「うん」

ぼくたちは杜松《ねず》のかげに寝《ね》そべって、チェスターフィールドを吸《す》った。

ぼくは口の中が、びりびりしてしかたがなかった。はきだす前にほんのすこし、煙《けむり》を口にためていただけなのに。

クラッセは胸《むね》の奥《おく》まで深く吸《す》いこんだ。しかも、燃えているマッチをいくつも水たまりに投げ入れた。お父さんがあまりに厳《きび》しいから、毎日、世の中で禁止されていることをなにかしないといられないんだろう。

「なんで、ぼくは夏になるときまって、役にたつことをしなくちゃならないのかな？」

「さあ」ぼくはこたえた。

「不公平だよな。みんなは泳いだり、日に焼いたり、ごろごろなまけたりしてるのにさ」

「それぞれの親に、それぞれ、いいところも悪いところもある。どうすることもできないよ」

「そうだな」

「とにかく、甲虫《こうちゅう》を集めるの、ぼく、手伝うよ」

「本当かい？」クラッセはさけぶと、ぼくの頭に、天使の頭についているみたいな、灰色《はいいろ》の煙《けむり》の輪をはきだした。「きみが島にきてくれて、うれしいよ」

「うん。ぼくが考えていること、わかる?」

「いいや」

「町をはなれて、なつかしい友だちと会えるのは、とってもうれしいってこと」

「そのとおりさ」クラッセはいった。

ぼくたちは港の突堤《とってい》へ行ってみようと、気持ちの悪いタバコを足でもみ消した。

でも歩きだす前に、クラッセは隠《かく》してあるという二匹《ひき》の甲虫《こうちゅう》を見せてくれた。

二匹《ひき》の死んだ虫は、小さな箱に入れてあった。一匹《ぴき》はホソアワフキで、もう一匹《ぴき》は羽の赤いオオツヤマグソコガネだ。

「すごいね。とくにこのオオツヤマグソコガネ」

「牛の糞《ふん》だめで見つけたんだ」

「なるほどね。馬じゃなくて牛ね」ぼくはいった。

港の突堤《とってい》の先では、ピーアたちがはしゃぎながら水しぶきをあげていた。
小さな妹のめんどうを見なければならないレッフェと、海水パンツをはいていないクラッセとぼくは、近くの桟橋《さんばし》から、みんなが突堤《とってい》の上でおしあいへしあいしたり、海にとびこんだり、水中に

もぐったりするのをながめていた。

「見て」ぼくはつぶやいた。

「なにを?」とクラッセ。

「しっ、だまって」ぼくはピーアに集中したかった。

赤い水着を着たピーアはいま、突堤《とってい》の先端《せんたん》にある木のやぐらのいちばん高いところに立った。両《りょう》腕《うで》を頭の上にのばし、両足でける。火の玉みたいに空をとび、海に吸《す》いこまれていく。

ピーアが水面にあがってくるまでに永遠の時間が流れたように、ぼくには思えた。

日の光がまぶしくて、ぼくは目から涙《なみだ》があふれ、あわててシャツの袖《そで》でぬぐった。

突堤《とってい》にあがってきたピーアがぼくたちに気がつき、声をかけてきた。

「泳がないの?」

「今日は泳がない。海水パンツ、忘《わす》れちゃったから」

ぼくはこたえた。

「関係ないわよ。ウルフはいつも服のまんま泳ぐんでしょ?」ピーアはにっこりと笑った。でも、声はたてなかった。

「服を着たまま泳ぐのは、一日一回でじゅうぶんだよ」

「じゃあ、いっしょにボートで魚釣《さかなつ》りに行かない?」

「ぼくたち、甲虫《こうちゅう》を集めないといけないのさ」クラッセがため息をついた。

「じゃあ、それがすんだら?」ピーアはそういいながら、またやぐらの高いところへよじのぼっていった。

「うん、いいよ」

「そろそろ行こう」クラッセがぼくにいった。

ぼくはガソリンスタンドのある栈橋《さんばし》までくると、突堤《とってい》をふりかえった。もう一度、ピーアが海にとびこむ姿《すがた》が見えるといいと思って。

ピーアを見あきるということは、ぼくにはありえなかった。

4 ぼくはおじいちゃんのポークステーキを調べ、魚を抱《だ》きしめる

おじいちゃんとおばあちゃんの家は、古い船のキャビンの寄せ集めでできている。おじいちゃんが古い船を、大きな平底船ではるばる島まで運ばせたのだ。

そして、それをおじいちゃんが自分で組み立てて、部屋や台所や家として住むのに必要な部分を作りあげた。

おじいちゃんの部屋は船長室、パパとママの部屋は船尾《せんび》客室、おばあちゃんの部屋は船のダイニングルームで、いまも居間兼《けん》食堂をかねている。

にいちゃんとぼくは、婦人用キャビンと呼《よ》ばれている部屋に寝泊《ねとま》りすることになった。もちろん、どんな拷問《ごうもん》にあっても、婦人用キャビンがぼくたちの部屋だとは、ぜったいに認《みと》めるつもりはなかった。

にいちゃんとぼくは、ホワイト・キャビンと呼《よ》ぶことにした。白い部屋だからだ。窓《まど》のふちだけは青。壁《かべ》のあちこちには、荒《あ》れた海を行く蒸気船《じょうきせん》や帆船《はんせん》の絵が描《えが》かれている。戦艦《せんかん》もあった。

ぼくが好きなのは、嵐《あらし》の中を行く灰色《はいいろ》の砲艦《ほうかん》だった。

その夜、にいちゃんとぼくは二段《だん》ベッドに入ると、耳をそばだてて、隣《となり》の船長室からきこえてくる、おじいちゃんのおならの数をかぞえた。

「十二発目だよ」ぼくはささやいた。

おならの音は、まるで壁《かべ》の戦艦《せんかん》がおたがいに宣戦《せんせん》布告して、大砲《たいほう》を威勢《いせい》よく撃《う》ちあっているようにきこえた。おじいちゃんは寝《ね》ているときも、怒《おこ》っているみたいだ。

「まったくすごいおならだな」にいちゃんがいった。

ぼくたちは自分たちできめた判定基準で、おならに評価をつけた。ほとんどききとれないおならは〈アリ〉、いちばんでかいおならは〈大砲《たいほう》〉というように。

「十三発目」ぼくはいった。「今夜こそ、新記録を達成するね」

「ああ、オリンピックに出るべきだな」

「それか、教会の聖歌隊《せいかたい》。おなかがバクパイプなんだもん」

「十四発目だ」

「本当に新記録だ。今夜はもうおわりかな」

「ああ」にいちゃんは、ちょっとがっかりしたようだった。

でも、そのとき、もう一発きこえてきた。大きさは〈お嬢《じょう》さん〉だったけれど、偉大《いだい》なるおなら審査員《しんさいん》のぼくたちにとっては、合格点をだせる音だった。

にいちゃんとぼくは、口を枕《まくら》におしつけて声を殺しながらも、おなかがよじれるほど笑いつづけた。

そのうちに今度は、おじいちゃんのいびきがきこえてきた。はじめは、電気カミソリのような抑《おさ》え気味の音、それから十二馬力の船外機のようなものすごい音になった。

「お楽しみも、ここまでだな」にいちゃんがいった。

「うん。ところで、甲虫《こうちゅう》って、どこでつかまえられるか知ってる？」

「しっ、もうしゃべるな。寝《ね》るぞ」にいちゃんはさっさと、頭を枕《まくら》の下につっこんで寝《ね》てしまった。

でも、ぼくは天井《てんじょう》を見あげて、ピーアのことを考えつづけた。おじいちゃんのいびきの合間に、ピーアのかすれた笑い声がきこえるような気がした。

でもそのときにはもう、ぼくもねむりにおちていた。


つぎの日、クラッセとぼくは甲虫《こうちゅう》をさがして歩きまわった。

まず、おじいちゃんの薪《たきぎ》小屋の丸太のあいだで、トドマツカミキリやハイイロハナカミキリを見つけた。

つぎに、おじいちゃんの家の隣《となり》にある学校へ行った。校舎のすみの部屋《へや》には、学校の先生が住んでいる。ぼくたちは先生の庭をはいまわって、見つけにくい小さなゾウムシをつかまえた。

教室からはピアノがきこえていた。窓《まど》を開けたまま、先生が弾《ひ》いているんだ。先生はピアノにあわせて、テノールの声でときどき歌もうたった。そして、ときどきせきをした。

ぼくたちはさらに歩いていき、街道ぞいの古い防空壕《ぼうくうごう》の前を通りかかった。

入口の手前の草の上に、レッフェが妹といっしょにすわっていた。そばに枝をさした松ぼっくりが、たくさんつんである。

「なにしてるの？　松ぼっくりで動物の人形を作るの？」ぼくは話しかけた。

「人形のわけないじゃないか。これは、手榴弾《しゅりゅうだん》だ！」レッフェはそういうと、いきなり「バン、バン！」とさけびながら、松ぼっくりを投げつけてきた。

ぼくたちは逃《に》げだした。でも、すこしはなれたところまでくると、レッフェが「モー！」と牛の鳴き声をまねているのがきこえた。

「つぎは、どこをさがしてみる？」ぼくはクラッセにきいた。

「エステルマンさんちのコンポストへ行こう。あそこなら、サイカブトが見つかるはずさ」

クラッセのいうとおりだった。サイカブトはくさりかけたキャベツの葉の下で、ねむっていた。

「おっ、オスのサイカブトだ！　なんて運がいいんだ！」クラッセはうれしそうにいうと、頭からつきでている角をつついた。

とても強そうな虫だった。本当に、黒サイのミニュチュアみたいだ。

クラッセの説明によると、幼虫《ようちゅう》から成虫になるまでに、この虫は五年もかかるそうだ。くさった草や葉を食べ、目をさましているのは夜のあいだだけなんだって。

クラッセはサイカブトをつまむと、おなかをそっとなでた。

「きみといっしょにいて、いいことって、なにかわかる？」ぼくはきいた。

「さあ」クラッセは短くこたえて、サイカブトを酢酸《さくさん》エチルといっしょにガラス瓶《びん》に入れた。これで虫は静かに死ねるんだ。

「きみといると、いろいろ勉強になるってことだよ。甲虫《こうちゅう》、もうかなり集まった？」

「いいや、あと八匹《ぴき》だ。ちょっと一服しようか？」

「時間がないよ」ぼくはピーアのことを思いだして、いった。甲虫《こうちゅう》集めがかたづいたら、いっしょに魚釣《さかなつ》りに行くと約束したじゃないか。

「そうだね。一度、家へ帰ろう。もう昼飯だ」とクラッセ。

ぼくも、そうだと思った。

それでも、ぼくたちはすこしのあいだ、コンポストのそばにすわっていた。

クラッセはタバコを一本とりだし、満足そうにくゆらした。でも、ぼくはコンポストのにおいを吸《す》うだけで胸《むね》がいっぱいだった。

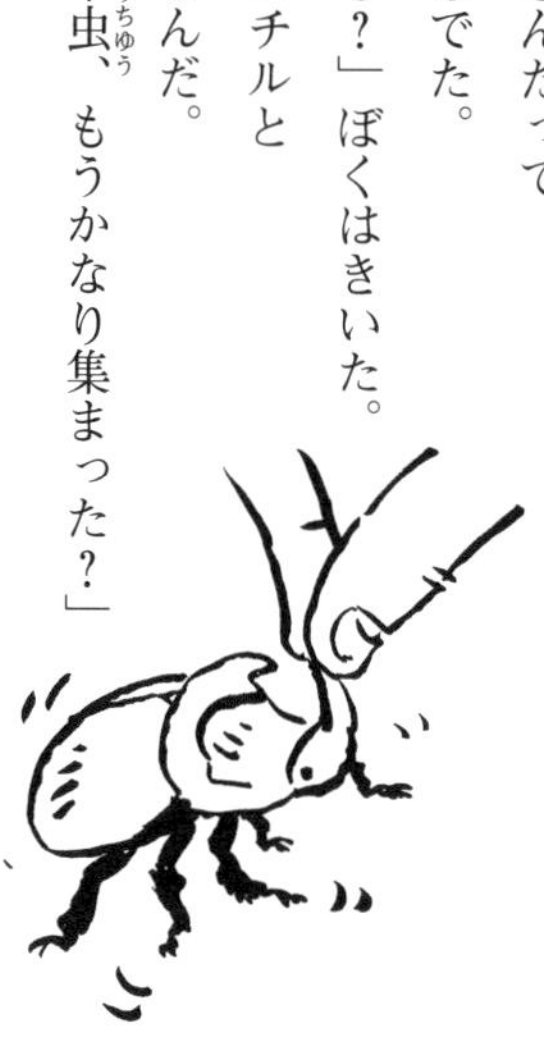

そばの馬小屋から、だれかが大槌《おおづち》をふりおろしているような音がきこえていた。でも、それはエステルマンさんの暴れ馬のスヴァルテンが興奮《こうふん》して、馬小屋の壁《かべ》をけっている音だった。あいかわらずだ。いつも壁《かべ》の板がこわれるまで、けりつづけるんだ。

「うちのおじいちゃん、板を二枚《まい》ばかり、すぐにうちつけになければならないね」ぼくはいった。

「たしかに」クラッセもうなずいた。

それから、ぼくたちは道が別れるところまでいっしょに歩いた。

「昼飯のあとも、また甲虫《こうちゅう》をさがすの、つきあってくれよ」

「うん。いい切《き》り株《かぶ》をひとつ知ってるよ」ぼくがいうと、クラッセは「それは助かる」と喜んだ。

ぼくたちは、その切《き》り株《かぶ》の前で二時に会おうと約束した。

その日の昼食は、シリアルとコケモモのジャムを入れたヨーグルトだった。

おじいちゃんだけは、ゆでジャガイモとポークステーキ二枚《まい》。ヨーグルトは、おやつにとっておくつもりなんだろう。ヨーグルトにジンジャーパウダーをまぜて食べるのが、おじいちゃんは好きなんだ。

ぼくは、おじいちゃんが一枚目《まいめ》のステーキにフォークをつきさそうとしたとき、皿ごとステーキを自分の前にひきよせた。

そして虫眼鏡《むしめがね》をとりだし、肉を調べはじめた。拡大《かくだい》された豚肉《ぶたにく》は、ちっともおいしそうには見えない。ぼくはスプーンでつついた。

「なにするんだ？」おじいちゃんがどなった。

「ほんとに。おまえ、なにしてんの？」にいちゃんもいった。

「肉の中に虫がいないかと思って……」

「なんで、わしの肉に虫がいなくちゃならんのだ？」

「もしも虫がいたら、そいつはオビカツオブシムシだよ。豚肉《ぶたにく》が好物の虫なんだ。黒い点々のついた帯があるのが特徴《とくちょう》だよ」

「いまいましい虫め！　それで、虫は見えたか？」

「ううん、残念ながら一匹《ぴき》も」ぼくはこたえた。

でも、おじいちゃんは安心しなかった。パパが「虫がいたとしても、調理したときの熱で死んでしまっていますよ」と、説明してもだめだった。

おじいちゃんは、ますます生き物をきらう性格になってしまったようだ。

ステーキを口に入れると、虫をかみつぶさんばかりに激《はげ》しくあごを動かしている。

ぼくは、ヨーグルトをあわてててかきこんだ。

ダイニングルームのすみにある大きな床置時計《ゆかおきどけい》が、もうじき二時になろうとしていた。

「ああ、もうおなかいっぱい。おじいちゃん、昨日のアオムシのお金ちょうだい」

「いくらだ？」

「二クローネ」

おじいちゃんは財布から小銭をとりだした。

ぼくはお金を受けとると、外へとびだした。急いでいた。夏休みのあいだ、ぼくはいつも急いでいる。いまは、いつにもまして、パン屋の前にある切《き》り株《かぶ》へ猛《もう》ダッシュだ。

クラッセは、ぼくよりすこしおくれてやってきた。

ぼくはクラッセに、このトウヒの切《き》り株《かぶ》の中に赤い羽のコメツキムシが必ずいると教えた。コメツキムシは木の皮が大好きだからだ。

でも、ぼくの本当の目的はちがった。毎日この時間になると、ピーアがパン屋へパンを買いにくるんだ。

ピーアに会いたい。すこしでもピーアを見ていたい。その欲求《よっきゅう》を、ぼくは抑《おさ》えることができない。そこで、ぼくはこの作戦を思いついた。

「なんにもいないね。行こう」切《き》り株《かぶ》を見ていたクラッセがいった。

「もっとよく調べようよ。きみはすこし雑なんだよ」ぼくがいったちょうどそのとき、ピーアが自転車にのってやってきた。

ピーアは自転車を柵《さく》に立てかけると、パン屋の方へ歩いてきた。

「やあ、ピーア。買い物？」ぼくは声をかけた。

「甲虫《こうちゅう》、もう何匹《びき》ぐらい見つかったの？」

「もうすぐ三十匹《ぴき》だよ。暑いね」

「ええ」

「アイスクリーム食べる？」

「おごってくれるなら」

もちろん、ぼくはおごることにした。

ピーアの買い物がおわると、ぼくはピーアにもクラッセにも、そして自分にもアイスクリームを買った。

そして三人でピーアの自転車の横に立って、最高の気分でアイスクリームを食べた。

ぼくはピスタチオ風味の棒《ぼう》アイス、ピーアとクラッセはコーンに入ったバニラアイスを食べた。

「ひとつ、いいことを思いついたんだ」ぼくはきりだした。「もう、この島のだいたいのところはさがしちゃっただろ。でも、ほかの島には、ちがう種類の甲虫《こうちゅう》がいると思うんだ。だからピーアについていって、ピーアが魚を釣《つ》っているあいだ、クラッセとぼくはどこかの島で虫をさがそうよ」

「そんなこと、思いもしなかった」とクラッセ。

「うん、ぼくも、いま思いついたんだ」

「それ、いい考えね」ピーアもいってくれた。

「じゃあ、明日はどう?」ぼくはピーアにたずねた。

「たぶん、だいじょうぶだと思うわ」ピーアは自転車の荷台にパンの袋《ふくろ》をしばりつけると、サドルにまたがった。

カーブに消えていくピーアのうしろ姿《すがた》をながめながら、ぼくはこんなすばらしいことを考えついてくれた自分の脳《のう》みそに感謝した。

「ありがとう」ぼくはつぶやいた。「ありがとう、ありがとう」


じっさいに魚釣《さかなつ》りに出かけたのは、それから何日かあとのことだった。

その日、ピーアはお父さんのボートを一日じゅう、借りられることになった。ピーアのお父さんは飛行機のパイロットで、世界じゅうの空をとびまわっているんだ。

いよいよ、ぼくは最高の友だちと世界でいちばん愛しい女の子といっしょに、ボートで虫とりに出かけることになった。

塩辛《しおから》い海の水が顔にはねる。太陽がぼくたちの目の中できらきらと輝《かがや》く。おやつには、ブラッドオレンジジュースとビスケットを持ってきた。ボートの上ではエンジンがブンブンうなっているから、無理に話をする必要もない。

これよりすばらしいことがあるだろうか——ない！

ぼくたちは、適当なところにある、適当な大きさの島をめざした。

それは岩だらけの島だった。

ピーアはボートを岬《みさき》の先端《せんたん》に着けると、さっそくカマスをねらって釣糸《つりいと》を投げた。

クラッセとぼくは、虫に酢酸《さくさん》エチルをかがすガラス瓶《びん》と虫とり用の網《あみ》を持って、まだクラッセのコレクションにない甲虫《こうちゅう》を見つけようと島を歩きまわった。

運のいいことに、すぐに水たまりが見つかった。さがしもとめている虫がたくさんいそうな水たまりだ。

クラッセは、水面にいる足の細長い虫を指さした。

「これはアメンボだ。水の上を歩けるんだ」

「イエス・キリストみたいだね。さあ早く、網《あみ》でつかまえて」

「いや、アメンボはつかまえない。甲虫《こうちゅう》じゃないからね」とクラッセ。

かわりに、ぼくたちはゲンゴロウをつかまえ、指でついて瓶《びん》に入れた。それから脱脂綿《だっしめん》に酢酸《さくさん》エチルを数滴《すうてき》しみこませ、瓶《びん》につっこみ、ふたをした。ゲンゴロウははじめ、ゆっくりと足を動かしていたけれど、じきにぱたっと動かなくなった。

「死んだね」クラッセが宣言《せんげん》した。

ぼくは、あまりいい気持ちはしなかった。

「ちぇっ。なんで、こんなことしなくちゃいけないんだろう?」

「しかたない、パパのせいさ。そろそろ泳ぐ?」クラッセはいったけれど、ピーアは泳ぎたがらなかった。いまはまだだめだという。もう何回か、カマスに挑戦《ちょうせん》したいのだ。

そこで、クラッセとぼくはべつの水たまりへ行ってみた。水の中では、ミズスマシが小さなプロペラみたいに泳ぎまわっていた。

ぼくが網《あみ》で一匹《ぴき》つかまえたとき、ピーアが「見て!」と声をあげた。

「あとは自分でやって!」ぼくは網《あみ》ごとクラッセにおしつけると、全神経をピーアに集中させた。

ピーアは釣竿《つりざお》を空にむけてにぎりしめ、足をひろげて立っていた。竿《さお》がいまにも折れそうなほどしなっている。糸をのばしたり、まきあげたりのくりかえし。ピーアがしているのは、それだけだ。

それでも、ぼくは見あきることがなかった。ぼくの目はピーアにくぎづけだった。

「ウルフ、早く準備して!」ピーアがさけんだ。

「準備って、なにを?」釣《つ》りのことは、ぼくにはよくわからない。

「獲物《えもの》をつかまえる準備よ!」

そのとき、獲物《えもの》が水をうった。水からはねたときに、尾《お》ひれが海面をうったんだ。でも、すぐにまた海にもぐった。そのまま、だんだんと岸に近づいてくる。

「それ、なに？　アオクジラ？」

「冗談《じょうだん》いってる場合じゃないわ。しっかりつかまえて！」

　水の中に緑の影《かげ》が見えた。

　ぼくは島にきた日と同じように服を着たまま、水の中へじゃぶじゃぶと入っていき、どうにか両腕《りょううで》で獲物《えもの》を抱《かか》えこんだ。獲物《えもの》はぼくの腕《うで》の中で、体をくねらせて暴れる。口の中に鋭《するど》い歯も見える。カマスの意地悪そうな目だけは、ぜったいに見ないようにした。

「ほら、つかまえたよ！」

　ぼくは、またじゃぶじゃぶと歩いて、水からあがろうとした。ところがその瞬間《しゅんかん》、ずるがしこいカマスは、尾《お》ひれでぼくの左膝《ひだりひざ》をたたいた。

　ぼくはバランスをくずし、ぬるぬるした岩に足をすべらせ、ころんで、右の眉毛《まゆげ》を岩にぶつけた。

　頭の中に、青白い星が何千何万個ときらめいた。それでも、ぼくはカマスをはなさなかった。なんとか両肘《りょうひじ》をついて、やっとの思いで岩をはいあがった。

　カマスはおとなしくなっている。ぼくが上におおいかぶさったから、目をまわしてしまったんだろう。

とにかく、ぼくは岸にうまいことはいあがれて、ピーアの足もとにカマスをささげ置くことができた。

「どうぞ」

「血が出てるわ」ピーアはそうつぶやくと、まずは失神しているカマスをたたき殺し、それから、ぼくの方をふりむいていった。「あおむけになって」

ピーアが、ぼくのために時間をさいてくれる。そう思ったとたん、頭の中の星は消え、青い空を夏雲がふわふわと流れていくのが見えた。死にかかったヒーローのにおいをかぎとるハゲワシのように、空の高いところを旋回《せんかい》するミサゴが見えた。

「気分はどう?」

ピーアにきかれて、ぼくは「だいじょうぶ」とこたえた。でも、すぐにまたすばらしいアイデアがひらめいた。

「頭の中で、ハチがブンブンとびかっているみたい。自分の足では立てそうにない……」

ぼくの言葉に、ピーアはぐっと顔を近づけてきた。

その茶色い瞳《ひとみ》を、ぼくはまっすぐに見つめた。もうぜったいに目をそらさないぞというように。

ぼくの熱いまなざしは、ピーアの瞳《ひとみ》の奥《おく》へ吸《す》いこまれていく。

ピーアはおでこにしわをよせると、冷たい指先でぼくのもりあがった眉《まゆ》毛《げ》をなでた。神聖《しんせい》なる神の指のようだ。魚のにおいがする。

「これくらいの傷《きず》なら、ぬわなくても平気よ」ピーアはいった。

そこへクラッセがブラッドオレンジジュースの瓶《びん》とビスケットを持ってやってきて、ぼくのおなかにのせた。

「全部、ウルフにやるよ」クラッセは、まるでそれが残された最後の食料であるかのようにいった。

「うん、ありがとう」ぼくは力のない声で返事した。

「ウルフはしばらく横になってるほうがいいわ。軽い脳震盪《のうしんとう》を起こしたのよ。血を止めないと」ピーアはおちつきはらった声でいうと、ピンク色の大きなバスタオルをとりだした。タオルの角を海水にひたし、傷《きず》におしつける。タオルの残りの部分が、ぼくの顔にかぶさった。

ピーアが体をふいたのと同じタオルだ！　と思ったとたん、ぼくはくらくらとめまいを感じた。タオルにしみついたピーアのにおいを思いきり吸《す》いこむ。あまくて、すっぱいにおい。ミルク、ハチミツ、レモンがブレンドされた紅茶《こうちゃ》のようなにおい。

ぼくはできるだけ長く、息を止めていた。

ぼくが大きく息をはくと、ピーアはいった。

「タオル、自分で持ってて。あたし、これをさばいちゃうから。手伝ってくれて、ありがとう。六キロ以上はあるわね、このカマス」

「そうだね」ぼくはいった。

すこししてから、ぼくは顔のタオルを持ちあげて、ピーアを見てみた。

ピーアは、岩のあいだにしゃがみこんでいた。ナイフでカマスの腹《はら》を手早くさくと、はらわたをとりだした。ひとつひとつ、きちんと地面にならべていく。

「これが脾臓《ひぞう》。これが胃袋《いぶくろ》……、胆嚢《たんのう》に、浮袋《うきぶくろ》。魚はこの浮袋《うきぶくろ》で、どれくらいの深さを泳ぐか、調節するのよ。そして、これが心臓《しんぞう》」

「よく知ってるんだね」

「あたし、将来《しょうらい》は手術専門《せんもん》の看護婦《かんごふ》になるつもりよ」ピーアは、にっこりほほえんだ。

ぼくも、ほほえみかえした。ピーアの外科医学の習熟《しゅうじゅく》さにすっかり感心して。

ピーアは人さし指で、切りさいた魚の腹《はら》に残っていた薄《うす》い膜《まく》をつまみだすと、海水で洗《あら》った。白衣を着た助手役のカモメとアジサシが、ピーアの頭の上をとびまわり、おこぼれにありつけるのを待っていた。

でも、ぼくは目の前に置かれたカマスの心臓《しんぞう》から目がはなせなかった。まだ、ぴくぴく動いている。ぼくの心臓《しんぞう》も鼓動《こどう》をうっていた。
「ぼくのこと、好き?」ぼくは思わず、ピーアにきいた。そしてピーアがキスでこたえてくれるかもしれないと期待して、念のため、頭を起こした。

「やっぱり頭をうって、脳震盪《のうしんとう》を起こしちゃったのね」ピーアはつぶやくと、カマスをボートに投げこんだ。

ぼくは、ブラッドオレンジジュースをひと口飲んで、なんでもないふりをした。それから、瓶《びん》をピーアにまわした。

「ちょっと笑ってくれない？」ぼくはいった。

「どうして笑わなくちゃいけないの？」

「笑ってほしいから」

「でも笑いたいことなんて、ないもの」

まもなく、ぼくたちは島をあとにした。

ピーアは、大きなカマスに満足していた。クラッセは新しく手に入れた、すでに死んでいる甲虫《こうちゅう》二匹《ひき》に満足していた。ぼくは、心臓《しんぞう》の鼓動《こどう》ともりあがった眉毛《まゆげ》の傷《きず》に満足していた。

三人のなかでいちばん満足していたのは、ぼくだっただろう。

5 ぼくは忘《わす》れていたあることを思いだす

ぼくが右の眉毛《まゆげ》に傷《きず》を作って帰ると、ママは心配そうな声をあげた。

「まあ、ウルフ。いったいどうしたの？」

「けんかしたのか？」おじいちゃんは興味ありげにきいた。

「うん」ぼくはこたえた。

「魚とね」家まで送ってきてくれたクラッセがつけたした。おじいちゃんは、これはおもしろいジョークだと思ったようだ。いつもは、クラッセにはあまり関心を示さないんだけど。

パパは庭のデッキチェアからめんどうくさそうに立ちあがると、クロスワードパズルの専門誌《せんもんし》を椅子《いす》に置いた。そして家の中から薬箱をとってきて、九十六パーセントの歯科用アルコールでぼくの傷《きず》を消毒し、絆創膏《ばんそうこう》をはってくれた。

パパはデッキチェアにもどると、またクロスワードに熱中しはじめた。鉛筆《えんぴつ》の端《はし》をかみながら、ときどき耳をかいたりする。これが、パパの夏休みのすごし方だ。

「『煮《に》ても食べられないブタ』だって。なんだろう?」

パパがきくと、ママが「何文字?」とききかえした。

「五文字」

「わかったわ」とママ。

「おれも」にいちゃんも声をあげた。

「わかってないくせに。じゃましないでくれよ」パパはいった。

ぼくはひとり、パパとママが寝室《しんしつ》として使っている船尾《せんび》客室へ行き、タンスの上の楕円形《だえんけい》の鏡をのぞいた。

右の目の上の絆創膏《ばんそうこう》が、名誉《めいよ》の印に見えた。経験豊かで、しっかり者で、世渡《よわた》りのうまい男の証《しょう》拠《こ》に。とにかく、ぼくはそう思った。そしてピーアを笑わすことができたら、どんなに幸せだろう、とそのことばかりを考えた。
つぎの日、ぼくは地下室へ行き、古い『ザ・ベスト』を二十冊《さつ》ほど運びだした。『ザ・ベスト』は、自然科学や小説、戦争についての悲話や軍隊にまつわる愉快《ゆかい》な小話など、いろんなことが載《の》っている雑誌《ざつし》だ。
ざっと読んでみると、たしかに軍隊小話はおもしろかった。

そこで、ぼくは船尾《せんび》客室のソファベッドに横になり、雑誌《ざつし》をひろげ、ククク笑いながら、何日もかけて小話を丸暗記した。いつもはソファベッドに横になって、窓《まど》からさしこむ光の中に静かに舞《ま》いおちてくるほこりを、ぼんやりながめているのが好きなんだけれど。そうしたほこりは、宇宙《うちゅう》を浮遊《ふゆう》している月や惑星《わくせい》だと想像してみるんだ。でもいまは、そんな場合じゃない。

何日かして、小話を丸暗記したぼくは、鏡の前でそれを披露《ひろう》する練習をはじめた。

「えーっ、むかしむかし、あるところに、一人の軍人さんがおりまして。ある日、軍人さんの靴《くつ》に小石が入ってしまい……」

そのとき、玄関《げんかん》ホールで電話が鳴った。

すこしすると、ママがノックもせずに船尾《せんび》客室に入ってきた。

「なに、ひとりで笑ってるの？」ママがきいた。

「小話の練習をしてたんだ。ききたい？」

「いいえ、いまはいいわ。そんなことより、あなたにききたいことがあるの。あまり喜ばしいことではないのよ。電話してきたの、だれだと思う？」

「さあ？」

「パーシーのママよ。とても喜んでいたわ」

「あっ、しまった」ぼくはつぶやいた。

「そうよ、そのことよ」ママはいった。「『とっても、うれしいです。パーシーをお招きいただいて』ですってよ。『パーシーがそちらに行っているあいだ、主人と二人でキャンプ旅行に出かけます。若いころにもどって、テント生活ができるなんて最高だわ。それで明日、パーシーになにを持たせたらいいかしら?』ってきかれたわ」

「明日?」

「そうよ、明日よ。ウルフ、どうして前もって、話してくれなかったのよ?」

「忘《わす》れてたんだ。することがたくさんあって……」ぼくはこたえた。

たしかに、そのとおりだった。

恋《こい》は不思議だ。ふだんなら記《き》憶《おく》からこぼれおちてしまいそうなことを、脳《のう》みそにしっかりと刻《きざ》みつける。たとえば、相手のまなざし、海にとびこむ姿《すがた》、笑い声、腕《うで》の動き、タオルのにおい。けれども同時に、恋《こい》はほかのことをすっかり忘《わす》れさせてしまう。たとえば、頑《がん》固《こ》で怒《おこ》りん坊《ぼう》のおじいちゃんが住んでいる島の家に、だいじな親友を呼《よ》んでいたことを。

パーシーがここへくることを自分が望んでいるのかどうか、ぼくにはまったくわからなかった。

パーシーがここへくるのは、ただ、甲虫《こうちゅう》のコレクションと恋《こい》をこわすため、という気がしないでもなかった。

ママは首を横にふった。

「いい、ウルフ。ぜったいに忘《わす》れてはいけないこともあるのよ。パーシーのママがあんなに喜んでいなかったら、『こないでください』って、はっきりいえたのに」

「う、うん」

「あんなに感謝されたら、『こないで』とはいえないでしょ？　こまったわ。明日はあなたの誕生日《たんじょうび》なのに」

「そうか」

「それも忘《わす》れていたの？　とにかく、このことは食事のときに話しましょう」ママはそういうと、部屋を出ていった。

ぼくはポケットから入れ歯をとりだし、はめてみた。

鏡をのぞき、にかっと歯をむきだして笑ってみた。

おかしな顔だ！　ハハッ！

ぼくは自分を元気づけようと、わざと大きな笑い声をだした。

自分の誕生日《たんじょうび》を忘《わす》れるなんて、ありえないことだった。


それから、ぼくはなにをしたか？

庭の畑でアオムシを十二匹《ひき》つかまえ、袋《ふくろ》に入れて、ただでおじいちゃんにわたした。バケツに二

杯《はい》、井戸《いど》の水をくんで、ママのために台所へ運んだ。雑貨屋へ走って、おばあちゃんにタバコを買ってきた。そしてパパには「クロスワードを解くのを手伝う」といってみたけれど、きっぱりことわられた。

ぼくの努力にもかかわらず、食事のときの雰囲気《ふんいき》は、まったくもって気まずかった。隣《となり》の学校からは、先生が葬式《そうしき》でうたう賛美歌を練習しているのがきこえた。

おじいちゃんは、いつもどおりポークステーキをもくもくと食べた。

おじいちゃん以外は、タルタルソースのかかったゆでたタラを食べた。好みで西洋ワサビのすりおろしをつけてもよかった。

おばあちゃんはタラの頭をフォークでつつきながら、とてもおいしそうに食べていた。

「なんだって？　パーシーがここへくるって？」突然《とつぜん》、にいちゃんが大声をだした。「あの悪ガキ、どの部屋《へや》に寝《ね》るんだ？　このデブチンだけでも、うんざりなのに」にいちゃんはナイフでぼくを指さした。

「まあまあ」パパがあいだに入った。「ウルフはデブチンではなくて、体格がいいだけだよ。でも、ウルフ。パーシーのことは、きちんと段取《だんど》りをふんだとはいえないね。こういうことは独断できめてはいけないよ。いいね？」

「うん、わかった」ぼくはそう返事をしたけれど、独断でということがどういうことかよくわからなかった。とにかく、よくないことをしたということだけはわかった。

「わしのききまちがいか？　だれかくるのか？」耳の遠いおじいちゃんが、どなるようにきいた。食べているときは、とくに耳のきこえが悪いんだ。

「ええ、ウルフのクラスメートがひとりくるんです！」ママが大きな声で説明した。「とっても愉快《ゆかい》な子ですよ。パーシーといって。明日、お昼の船できます！」

「子どもがもうひとりふえるだと！」おじいちゃんの口からソースがとびだした。「うちをなんだと思ってるんだ？　うるさい子どものための民宿じゃないんだぞ。これだけはいっておこう。その子がわしの機嫌《きげん》をそこねたら、即《そく》、つぎの船で追いかえす。いいな」

「ほんとに、どうしていつも、あなたはそうなんですか？」おばあちゃんが口をはさんだ。

「どうしてもだ」おじいちゃんはからっぽになった口を、ぱくぱくと動かした。「どうしても、どうしても……。わしは平穏《へいおん》を好むのだ！」おじいちゃんはいいすてると、豚肉《ぶたにく》を片手《かたて》でつかんで出ていった。

　おばあちゃんはおでこにかかった美しい白髪《しらが》を、ふうっとふきあげた。それから、タラの目玉をひとつ、すするように飲みこんだ。目玉がいちばんおいしい、とおばあちゃんはいつもいう。

　ぼくは、オカルト映画《えいが》より気持ちが悪いと思った。でも、いま、そんなことはどうでもいい。気になるのはパーシーのことだ。やってくる前から、すでにパーシーはみんなをいらだたせている。

「明日は、ぼくの誕生日《たんじょうび》なんだよ」ぼくはつぶやいた。

「プレゼント、きっと少ないな」にいちゃんはいった。

「うん、毎年そうだけどね」

本当にそうだった。七月の誕生日《たんじょうび》というのは、最悪だった。生協のスーパーにも、村の雑貨屋にも、プレゼントに適したものはあまりない。ブロックノートも、箱入りクレヨンも、チーズも、チョコレートクッキーも、みんな品切れだ。

ぼくは、とくにチーズがほしかった。チーズが大好きだから。年によっては、パパとママはストックホルムでプレゼントを買って、持ってきていることもあったけれど。

「おれからは、馬のくつわをやるよ」にいちゃんがささやいた。

馬のくつわは、だれかの太股《ふともも》をたたいたり、はさんだりするのに役にたつ。

「それは、どうも」ぼくはいった。

「ごちそうさま。本当に、うまかった」パパはそういうと、椅子《いす》から立ちあがった。でも皿の上には半分以上、タラが残っていた。

ママは台所へ行って、食器を洗《あら》いはじめた。

パパは、きりのないクロスワードパズルにもどっていった。

おばあちゃんは、窓辺《まどべ》のお気に入りの椅子《いす》に腰《こし》かけた。そこにすわって木や海をながめながら、細長い吸《す》い口《くち》にタバコをさして、ゆっくりと吸《す》うんだ。

天井《てんじょう》にゆらゆらとのぼっていく煙《けむり》は、おばあちゃんの波うつ髪《かみ》のように青白い。おばあちゃんの髪《かみ》は本当にきれいなウェーブだとぼくは思っているけれど、ママはこっそり、「ウェー、ブタみたい」といったりする。とにかく、背筋《せすじ》をぴんとのばしてすわっているおばあちゃんは、フランス映《えい》画《が》に出てくる女優《じょゆう》さんみたいだ。

「煙《けむり》の輪、作ってよ」ぼくはおばあちゃんにせがんだ。

すると、おばあちゃんはだまったまま、輪をひとつ作ってくれた。

ぼくはおばあちゃんのうしろにまわり、いっしょに窓《まど》から景色《けしき》をながめた。

庭では、おじいちゃんが古いしみだらけのカウボーイハットをかぶり、地面からまた岩をひとつ、掘《ほ》り起《お》こしていた。いつも、そんなことばかりしているんだ。岩をどけて、耕せる土地をもっとふやすつもりなんだろう。

おじいちゃんは憎《にく》しみに満ちたように、えいっとシャベルの土をばらまいた。

「おばあちゃん」ぼくは声をかけた。

「なに？」

「どうして、おじいちゃんはいつも怒《おこ》っているの？」

「そういう性格だからよ」

「ずっとそうだったの？」

「いいえ。はじめはちがったわ」おばあちゃんは、すこし間を置いてからつづけた。「出会ったばかりのころは……。とても陽気な人だったわよ。あの人がわたしを好きなくらい、わたしにもあの人を好きになってほしいと願ってたの」

「おばあちゃんは、好きにならなかったの？」

おばあちゃんは、こたえなかった。ただ、だまって煙《けむり》の輪をもうひとつはきだした。

「じゃあ、どうして、おばあちゃんはおじいちゃんと結婚《けっこん》したの？」ぼくはたずねた。

「おじいちゃんがどういう人か知ってるでしょ？」

「どういう人って？」

「頑固《がんこ》」おばあちゃんはいった。「頭の中に浮《う》かんだ考えは、ぜったいにあきらめない人。それで、わたしが思ったのは……。わたしが思ったのは……。そう、こんなふうに思ったのよ。どうせあの人は家にいないんだから、まあいいわって。船乗りなんだからって」

「そうじゃなかったの？」

「ええ、ほとんど航海に出ていたわよ。でも家に帰ってくるたびに、手作りのプレゼントをどっさり持ってきたわ。わたしをじっと見つめて。わたしに喜んでほしかったのよ。でも、うれしくないときに、うれしい顔なんてできないものでしょ？」

「どうかな」

「あなたは、できる？　とにかく、お友だちのこと、うまくいくように祈《いの》ってるわ」

「うん、ぼくも」

その晩《ばん》、ぼくはいつもより早くベッドに入った。目をつぶり、ピーアに小話をして、ピーアが大笑いして、ぼくの腕《うで》にとびこんでくる夢を見ようとした。

でも、うまくいかなかった。

かわりに見たのは、パーシーの夢だった。船の舳先《へさき》に立って、手をふりながらさけんでいる。

「おっす、ウルフ。ついにきたぞ！」

ああ、神さま、どうしよう、とぼくは思った。

6 ぼくがパーシーを出迎《でむか》え、おじいちゃんが椅子《いす》をこわす

つぎの日、パーシーは十二時の船でやってきた。雨がふっていて、風も強かった。ぼくは蒸気船《じょうきせん》の栈橋《さんばし》で、おばあちゃんの傘《かさ》をさして待っていた。船が栈橋《さんばし》に着く前から、パーシーは舳先《へさき》に立って、手をふりながらさけんだ。

「おっす、ウルフ。ついにきたぞ！」

うれしいのか悲しいのか、ぼくにはよくわからなかった。

パーシーは裾《すそ》をはさみで切った膝丈《ひざたけ》のズボンをはき、頭にちょこんと帽子《ぼうし》をかぶり、それほど大きくないカバンを持っていた。

それから、なんと、おなかにコルクでできた太い腹《はら》まきのようなものをつけていた。

パーシーは、ぴょんと栈橋《さんばし》におりたつといった。

「めちゃくちゃ、うれしいぜ。ここにこられて！　指おりかぞえて楽しみにしていたんだ。母さんがおれたちのために、マーブルケーキを焼いてくれた。こいつは、従兄《いとこ》から借りた」パーシーは得

意げに、おなかのコルク腹《はら》まきをたたいた。

「それ、ずっとしてたの？」

「ああ、おぼれたくはないからな。ちぇっ、せめて二十メートルは泳げるようになって帰ってくるって、父さんに約束しちまった。見たいものだなって父さんがいうから、ぜったいに見せるよって。五十クローネかけたんだ。なあ、どう思う？」

ぼくは、なにもこたえなかった。

とにかく顔をあわせるのはひさしぶりだったから、パーシーとぼくはボクシングみたいにおなかをたたきあいながら、栈橋《さんばし》の待合室の前を通りすぎた。

何日か前、ぼくは待合室のベンチの下に、だれにも見られないようにハートを刻《きざ》んだ。ハートの中には、「ウルフ＋ピーア＝真実」の文字。

壁《かべ》にはわざと大きな文字で、クレヨンで落書きを書いた。

おまえのハートが砕《くだ》けたときは
カールソン印の糊《のり》でくっつけろ

でも、ぼくはパーシーにはなにも見せなかった。待合室をのぞきもしなかった。

ぼくたちは入江《いりえ》にほったらかしにされている朽《く》ちかけたボートの横を通りすぎ、おじいちゃんの家へつづく急な坂道をのぼりはじめた。

パーシーは寒いらしく、帽子《ぼうし》を耳までひきさげた。歯がガチガチ鳴っている。

「ぼくの誕生日《たんじょうび》は、たいてい雨なんだ」ぼくがいいわけするようにいうと、パーシーは「そうだ、そうだ。おめでとうをいわないと」と、歯をガチガチさせながら話しつづけた。「プレゼント、持ってこなかったなあ。つまり、その、おれ自身がプレゼントってわけ」

「そうだね。さあ、走っていって、おじいちゃんにあいさつしよう。ぼくがいったこと、忘《わす》れないでよ」

「なんだっけ?」

「おじいちゃんにはよくよく気をつけること。怒《おこ》りだすとたいへんなんだ」

「心配するなって」パーシーはぼくの首に腕《うで》をまわした。「まだ遠いのか?」

「ううん、もうそこ」

ぼくたちは、坂道の最後のカーブを曲がった。

目の前に白い家が現れる。

パーシーは立ち止まり、カバンを水たまりの中にバシャンと置いた。そして、〈張り出し窓《まど》〉と呼《よ》ばれている屋根の上のふたつの塔《とう》と、手すりでぐるりと囲われている平らな屋根をしみじみとな

がめながらいった。

「田舎《いなか》の小屋って感じじゃないな。おれ、〈城《しろ》〉って呼《よ》ぶことにする」

「なんでも好きに呼《よ》んでいいよ。さあ、行くよ！」ぼくはパーシーをうながした。


おじいちゃんは雨の中、庭の畑でよつんばいになり、バースデーケーキに飾《かざ》るイチゴをつんでいた。といっても、おじいちゃん自身はケーキは好きではない。よつんばいになることも、雨にぬれることもきらいなはずだ。

おじいちゃんはケーキでなく、ヨーグルトを食べるだろう。

ぼくたちは食堂の椅子《いす》にすわった。床置時計《ゆかおきどけい》がチクタクと時を刻《きざ》み、雨がパタパタと屋根をうっていた。

おとなはコーヒーを飲み、おとなでないぼくたちはキイチゴのジュースを飲むことになった。

みんながそろうと、おじいちゃんはいきなり、太い人さし指でパーシーを指さした。

「なるほど、そいつがパーシーだな」

「そうだよ」パーシーはこたえた。

「いい子であってほしいものだ。ためしに、わしにヨーグルトを持ってきてくれ。ヨーグルトは冷《れい》蔵庫《ぞうこ》に、ヨーグルトを入れる深い皿は台所の戸棚《とだな》にある。スプーンは引き出しだ。大さじ一杯《いっぱい》、ヨーグルトに砂糖《さとう》を入れてきてくれ。それから、ジンジャーパウダーを少々。スパイス類はスパイス棚《だな》にある。行け、ボーイ！」

「了解《りょうかい》、船長！」パーシーはいった。おじいちゃんは船長ではなく、一等機関士だったけれど。

台所でガチャガチャと音がしてすこしすると、パーシーがヨーグルトをついだ皿を持ってもどってきた。

パーシーは敬礼《けいれい》した。

「ふざけるな。だまってケーキを食え」おじいちゃんはいった。

パーシーが台所に行っているあいだに、ママはバースデーケーキのろうそくに火をつけていた。

ぼくは誕生日《たんじょうび》のきまりどおりに、ひと息で炎《ほのお》を消した。これで願いがかなうはずだ。

「ウルフ、なにを願ったの？」おばあちゃんにきかれた。

「ひ・み・つ。口にだしたら、かなわなくなるもん」ぼくがこたえたとたん、にいちゃんが口をはさんだ。

「PではじまりSSでおわるものだろ。あいだにUの字も入ってるな」にいちゃんは唇《くちびる》をすぼめて、キスするまねをし、スプーンでお皿をチンチンとたたいた。

「残念でした！　ぼくがほしいのは、にいちゃんをのすロードローラー！」

「けんかはやめなさい」パパがいった。「いまは、楽しい休暇中《きゅうかちゅう》なんだよ」

ぼくには、楽しい休暇中《きゅうかちゅう》だなんてちっとも思えなかった。

なにはともあれ、ケーキはおいしかった。生クリームがたっぷりのっていたし、生地はママが焼いたものだった。

みんなも、おいしそうにケーキを食べた。

おじいちゃんだけは、ジンジャーパウダーのかかったヨーグルトを食べていた。

ところが突然《とつぜん》、おじいちゃんはくしゃみをしだした。ケーキのイチゴがふきとばされるぐらいの、ものすごいいきおいで。

おじいちゃんは何度も何度も、くしゃみをくりかえした。顔がどんどん赤くなっていく。とうとう、おじいちゃんの顔はイチゴそっくりになった。丸い輪郭《りんかく》、髪《かみ》のない頭、耳のそばにすこしだけ残っている産毛《うぶげ》。

おじいちゃんはヨーグルトを食べおえると、パーシーにいった。

「どういうつもりだ？」

「なにが？」

「とぼけるな。ジンジャーではなく、コショウを入れたろ？　おまえがやったんだろ？」

「うん、そうだよ」パーシーはあっさり認《みと》めた。

「ま、まちがったんだよ」ぼくはあわてていった。「パーシーはここにきたの、初めてだから」

「まちがったんじゃないさ。ふざけてやったのさ」パーシーがさらりといってのけると、おじいちゃんは椅子《いす》から立ちあがった。パーシーをにらみつけ、声を荒《あら》らげる。

「わしがこわくないのか？」

「ぜんぜん」パーシーも立ちあがった。

「ふざけるな！」おじいちゃんはさらに声を荒《あら》らげて、ドスンと床《ゆか》をふみつけた。

「おじいさんには、ユーモアってものがないわけ？」パーシーがまたいいかえすと、おじいちゃんはとうとう椅子《いす》を頭の上に持ちあげた。

オークの木でできた、がっしりとした古い椅子《いす》。背《せ》もたれの両端《りょうはし》にライオンの頭の彫刻《ちょうこく》がついている。シートは革張《かわば》りで、四本の脚《あし》はライオンの足の形だ。

「どうだ！　こわいか？」おじいちゃんはうなっ

た。

「ちっとも」とパーシー。

とたんに、おじいちゃんはテーブルに力いっぱい椅子《いす》をたたきつけた。椅子《いす》は、ばらばらになった。コーヒーカップやコップがはねかえり、椅子《いす》の脚《あし》はぼっきり折れた。にいちゃんの顔は、まっ青になっていた。たぶん、ぼくも。パパまでも。

「どうだ？　これでまいったろ？」おじいちゃんが静けさをうちやぶるようにいうと、パーシーは「平気さ」とこたえた。

ぼくには、おじいちゃんを見る勇気さえなかった。でも、見ずにはいられなかった。鼻の穴《あな》が開いている。入れ歯がきしむくらい、ぎゅっとあごをかみしめている。

ソファの上にかかっている絵の中の、白いおしろいを塗《ぬ》った女の人たちまでがおびえているように、ぼくには見えた。

けれども、パーシーはちがった。あごをつんと上にむけて、すましている。

突然《とつぜん》、おじいちゃんは笑いだした。

「まったく、なんてやつだ。勇敢《ゆうかん》だな。よし、ついてこい。大工小屋へ行って、椅子《いす》を直すぞ」

ぼくも、ついていくことにした。

大工小屋には、おじいちゃんのいろんな道具が置いてあった。

のこぎり、のみ、ねじまわし、壁塗《かべぬ》り用のこて、つるはし、ハンマー、きり、スコップ、セメント、金てこ、銅線、タール紙、それから曲がった釘《くぎ》が入っている木箱がふたつ。機嫌《きげん》がいいとき、おじいちゃんは釘《くぎ》をたたいて、まっすぐにするのだ。

おじいちゃんとパーシーは椅子《いす》の脚《あし》をもとどおりにしようと、作業台に前かがみになった。

「みごとに折れたものだな。実にいい音だった」おじいちゃんがにやりと笑うと、パーシーも「最高に」とあいづちをうった。

「あの、ここんとこ、ねじで留めてもいいですか?」パーシーが質問すると、今度はおじいちゃんが「ふむ。わしも、そう考えていた」と大きくうなずいた。

ばらばらになった破片《はへん》は糊《のり》でくっつけた。ぼくも手伝った。

おじいちゃんは、助手が二人いることに満足しているようだった。

ちょうど椅子《いす》を直しおわったとき、雨があがり、海に虹《にじ》がかかった。まるで、ぼくの誕生日《たんじょうび》を祝福しているみたいに。

「うまくできたな」おじいちゃんはパーシーの肩《かた》をたたいた。

「時間があれば、釘《くぎ》をまっすぐにしてくれていいぞ」

「うん、おもしろそう」パーシーは声をはずませた。

ぼくたち三人が大工小屋からもどると、台所ではにいちゃんが皿をふいていた。

にいちゃんはパーシーをじろりと見ると、コンロのフードの下をとびまわっている二匹《ひき》のアオバエに話しかけた。

「あのバカ野郎《やろう》は、だれと同じ部屋《へや》に寝《ね》るのかなあ？」

ハエはなにもいわない。

「だれとでもいいさ。おれはどこでも寝《ね》られる。前からそうさ」パーシーがこたえると、おじいちゃんは「わしの部屋《へや》でもいいぞ」と声をかけた。

「じゃあ、よろしく」

そうこたえたパーシーのうしろで、にいちゃんが顔をにやつかせ、鼻をつまんでいた。

7 ぼくたちは薪《たきぎ》小屋で愛の証《あかし》を見つけ、バッファロー・ビルの話をきく

パーシーはぼくに、家のまわりを案内してほしいといった。田舎《いなか》の島での生活というのがどういうものか、見てみたいというのだ。

そこで、ぼくはいろいろと見せてまわった。

窓《まど》にレースみたいなクモの巣が張られている屋外トイレ、地下室、ポンプ、ナフタリンのにおいのするクローゼット。おばあちゃんの古い冬用コートのうしろに隠《かく》してある、射撃用《しゃげきよう》ライフル銃《じゅう》も見せた。それから斜面《しゃめん》の下の海岸にたつ、くずれかけた物置小屋へおりていって、くさった帆《ほ》つきカヌーを見せた。

「パパが若《わか》いときに作ったんだ」ぼくは説明した。

「おれたちで直す?」

「もう直らないよ。つぎは薪《たきぎ》小屋へ行こう」

パーシーは素直にぼくについてきた。

薪《たきぎ》小屋の外には、斧《おの》がささった薪割《まきわ》り台が置いてあった。小屋の中には木炭の入った箱や、まだ割《わ》られていない薪《たきぎ》の山があり、その奥《おく》にドアからさしこむ光を受けてきらりと光るものが見えた。

「あれはなんだ？」パーシーが指さした。

「あれって？」

「あの光ってるものさ」

ぼくは知っていた。おじいちゃんはしゃべりたがらないけれど、前にパパから話をきいていたんだ。

「おじいちゃんが船乗りだったころ、おばあちゃんに作ってあげたものだよ」ぼくが教えると、光っているものならなんでも見たがるパーシーはいった。

「よく見てみようぜ」

ぼくたちは薪《たきぎ》小屋の外へ、光るものをひっぱりだした。

それは、銅板でできた長方形のテーブルだった。おじいちゃんがうちだしたものだから、表面はかなりでこぼこしている。脚《あし》は真鍮《しんちゅう》でできていた。

銅や真鍮《しんちゅう》がもとの輝《かがや》きを失ってはいても、テーブルはぼくたちの興味をじゅうぶんにひいた。短い辺の両側に、真鍮《しんちゅう》の針金《はりがね》を曲げて作ったE・Sという文字《もじ》がついている。エリカ・スタルク、おばあちゃんのイニシャルだ。

しかもテーブルのほかにも、薪《たきぎ》のあいだに、銅でできた四葉のクローバーが隠《かく》してあった。クローバーのまん中には、真鍮《しんちゅう》でできた十字架《じゅうじか》といかりとハートがとめられている。ブドウのつるみたいな文字で、『エリカの記念すべき日に』と彫《ほ》りつけられている。

「十字架《じゅうじか》は信頼《しんらい》、いかりは希望、ハートは愛を意味してるんだ」ぼくは説明した。

クローバーの四つの葉のところは、楕円形《だえんけい》の写真入れになっていた。

「だれの写真？」パーシーがあごをしゃくった。

「若《わか》いころのおじいちゃんとおばあちゃん。こっちは、子どものころのパパとおばさん。変なの」けれども、パーシーは変とは思わなかった。おじいちゃんの手仕事のすばらしさをほめたたえ、小さなねじにいたるまで、しみじみと観察した。

「見てみろよ。鋲《びょう》の頭がひとつひとつ、ていねいに旋盤《せんばん》で削《けず》ってある。これは本当に、手間がかかってるなあ」

「そうかもね。でも、おしゃれではないよ。おばあちゃんには、喜ばれなかった。だから薪《たきぎ》小屋に隠《かく》した。もう、しまおう。おじいちゃんに見つからないうちに」ぼくはいった。

ところがそのとき、おじいちゃんが現れた。のこぎりで切ろうとでも思ったのか、長い枝を一本持っている。

おじいちゃんは枝を地面におとすと、銅のテーブルとクローバーをにらみつけた。つばをごくんと飲みこみ、額をこすると、低い声でどなった。

「おまえら、なにしてる？　どけろ！　そんなガラクタ。見たくもない！」

「おれは、すてきだと思うよ。おれ、みがいてきれいにするよ」パーシーはいった。

「よけいなお世話だ！　わしのいうことがわからんのか？　行け！　だまって、うせろ！」

ぼくたちは、すごすごとその場をあとにした。

すこし歩いてからふりむくと、おじいちゃんがテーブルを持ちあげ、力いっぱい小屋の中に投げ入れるのが見えた。

さらにテーブルのあとを、写真つきのクローバーがとんでいった。

ぼくたちは家の中へ入った。

「今日だけでもう二回も、きみはおじいちゃんを怒《おこ》らせたんだぞ。どうしてヨーグルトにジンジャーじゃなくて、コショウを入れたりしたんだよ？」ぼくが問いつめると、パーシーはいった。

「まちがえたんだ。だけど、まちがえましたなんて、こわくていえなかったぜ」


その晩《ばん》、ぼくたちはババヌキを三回やった。島へきたときはトランプをやるものだよ、とぼくがパーシーに話したからだ。

ぼくの誕生日《たんじょうび》だからというので、にいちゃんも加わった。トランプはにいちゃんが買ったものだったから、きって配るのはにいちゃんだった。

　ぼくは、二回つづけて負けた。

　三回目も負けた。

「なんてこった。ついてないな。くやしいだろ？」にいちゃんがぼくにいった。

「う、ううん、ちっとも。ぼくはもう、おとなだからね」

「じゃあ、もう一回やるか？」にいちゃんがそういったとたん、隣《となり》の船長室から、おじいちゃんのどなり声がきこえてきた。

「もう、いい。やめろ！　わしは寝《ね》るぞ。トランプはきらいだ。パーシー、こっちへこい。ウルフ、おまえもだ！」

　ぼくたちは、おじいちゃんの命令でクローゼットへゴムマットをとりに行かされた。そして頭がくらくらするまでマットに空気をふきこみ、それをおじいちゃんの部屋《へや》の床《ゆか》に敷《し》いた。そこにパーシーが寝《ね》るんだ。

　つぎに、ぼくたちは靴《くつ》ひもをほどけと命令された。おじいちゃんが自分でほどくのは、たいへんなんだ。船にのっていたときは、靴《くつ》ひもを結んだりほどいたりしてくれる少年がいたんだって。

「腹《はら》がじゃまでな」おじいちゃんはパーシーにいった。「わしのこと、デブだと思うか？」

「ああ」

「わしもそう思う。だが、見ていろ」おじいちゃんはそういうと、書き物机《づくえ》へ歩いていった。机《つくえ》には引き出しが三段《だん》ついていて、ひとつにはカギがかかっている。前に何度も開けようとしたけれど、ぼくには開けられなかった。

おじいちゃんは、片方《かたほう》のにぎりこぶしに息をふきかけた。にぎりこぶしを開くと、カギがのっていた。おじいちゃんが手品をするのは、初めて見た。おじいちゃんに手品ができることさえ、ぼくは知らなかった。

おじいちゃんは引き出しを開けて、中から硬貨《こうか》をひとつとりだした。

「パーシー、これがなにか、わかるか？」

「わかるにきまってるよ。お金だよ」ぼくがこたえた。

「だがな、そんじょそこらの金とはちがうぞ。一ドル銀貨だ。だが、ただの一ドル銀貨ともちがう。これは、とくべつだ。見えるか？」おじいちゃんは銀貨のまん中に、爪《つめ》の割《わ》れている親指をのせた。

「へこみがあるね」パーシーがつぶやいた。

「これは、バッファロー・ビルが拳銃《けんじゅう》で撃《う》ったあとだ」おじいちゃんはそういうと、バッファロー・ビルについて話しはじめた。

バッファロー・ビルについておじいちゃんから話をきくのも、ぼくは初めてだった。しかもめずらしいことに、おじいちゃんは「くそっ」とか「ちぇっ」とか、汚《きたな》い言葉をほとんど使わなかった。

「バッファロー・ビルは、本名をウィリアム・F・コーディといった。だが、自分ではバッファロー・ビルと名乗っていて、そのほうがかっこいいと思っていた。ビルはアメリカの西部では名の知れたバッファロー撃《う》ちの名人で、情報通の冒険家《ぼうけんか》だったからな。

仲間には、ワイルド・ビル・ヒコックやテキサス・ジャックがいたが、その二人には、わしは会ったことはない。

わしがビルに会ったのは、イギリスのロンドンだった。ビルがたちあげ、一世を風靡《ふうび》した『ワイルド・ウェスト・ショー』が世界巡業《じゅんぎょう》に出て、イギリスにもやってきたのだ。ビルとわしは同じときに、ロンドンに着いた。船が港に停泊《ていはく》しているあいだ、わしは三回ほどショーを見に行った。ついには金がたりなくなって、懐中時計《かいちゅう》の鎖《くさり》を売って、切符《きっぷ》を買ったほどだ」

「よかった?」パーシーがきいた。

「よかったかって? よかったなんてもんじゃない。最高さ! 野生のバッファローが突進《とっしん》してきて、わしは本当にやられるかと思った。インディアンやカウボーイもたくさん出演していた。その技のすごいことといったら! あんなすごいものは、あとにも先にも、わしは見たことがないぞ。なかでも、白馬にまたがったバッファロー・ビルは、いちばん拳銃《けんじゅう》の扱《あつか》いがうまかった。観客が投げあげる銀貨を、ビルはつぎつぎと撃《う》ってな。その一枚《まい》を、わしがキャッチした。その銀貨がこれさ」

おじいちゃんは、銀貨をコマのようにまわしてみせた。それから宙《ちゅう》に投げあげ、片手《かたて》でキャッチした。

「こいつは千クローネつまれても、だれにも売らんぞ。だいじな思い出の品だ。ビルにたしかめたんだ。『おかえししましょうか？』って。そしたら、ビルはこういった。『ノー、ノー、ジャスト　キープ　イット』、とっておけとな」

「本当にしゃべったの？　バッファロー・ビルと！」ぼくはきいた。

「そうだ。握手《あくしゅ》もしたぞ。ビルは折りかえしのある白い手袋《てぶくろ》をはめていて、『ナイス　トゥ　ミート　ユー』といってくれた。会えてうれしいという意味だ」

おじいちゃんは思い出し笑いを浮《う》かべると、銀貨を机《つくえ》の引き出しにもどし、さらにバッファロー・ビルの話をつづけた。

「ビルから写真ももらったぞ。ビルがカウボーイハットをかぶり、馬にまたがって、ほほえんでいる写真をな。なにかメッセージを書いてくれとたのんだら、『エリカ・スタルクへ　ウィズ　ラブ　ユア　バッファロー・ビル』と書いてくれた。エリカのやつがまだあの写真を持っているかどうかは、知らんがね。ビルの写真をやったとき、さすがのエリカも、『こんなにすてきな男性は見たことがないわ』と、感想を述べていたよ」

「どうして、いままで話してくれなかったの？」ぼくは、またおじいちゃんにきいた。なにか不公平な感じがしてならなかったからだ。パーシーは今日初めてここへきて、おじいちゃんをあんなに怒《おこ》らせたのに、その数時間後には、おじいちゃんから直接、秘密《ひみつ》の話をきかせてもらっている。

「さあな。たまたま、そうならなかっただけだろ」おじいちゃんはこたえた。

「そうだね」ぼくはいった。

「おまえたちに、バッファロー・ビルの自伝を声にだして読んでやりたいものだ。この世でいちばんいい本だからな。だが、わしは目がよく見えん。かわりに、パーシー。おまえがわしたちに読んでくれないか？」

「うん、いいぜ」パーシーはこたえた。

おじいちゃんは、『ウィリアム・F・コーディ自伝』をとってきた。

パーシーは読みはじめた。授業中に教科書を読むときは、いつもつっかかったり、ひっかかったりして、とちゅうでこんがらがってやめてしまうのに、いまはラジオのアナウンサーみたいにすらすらと読んでいる。

バッファロー・ビルが子どものときの話だ。家族をつれてカンザスへ移ったビルのお父さんは、奴隷《どれい》所有者たちの反感を買い、ナイフで背中《せなか》を刺《さ》されてしまう。

「……わたしは、父が致命傷《ちめいしょう》を負ったと思った。ナイフが腎臓《じんぞう》に達していたからだ。傷《きず》は深かった。だが父は死ななかった。とにかく、そのときは。母は懸命《けんめい》に看病《かんびょう》した。おそらく、その後の迫害《はくがい》さえなければ父は回復しただろう。だが、それはほんの始まりにすぎなかった」

パーシーが読んでいるうちに、おじいちゃんはいびきをかきはじめた。たけりくるったバッファローの鼻息のような音だ。

パーシーは頭の下に本を入れ、ゴムマットに横になった。

「読むの、じょうずだったよ」ぼくはいった。「また明日ね」

「ああ、もちろんさ。おまえのおじいさんは愉快《ゆかい》な人だな」

「そう思う？」

「うん、愉快《ゆかい》で怒《おこ》りっぽい」

「いろいろだね。おやすみ」ぼくはおじいちゃんの部屋《へや》を出ると婦人用キャビンへもどり、二段《だん》ベッドのはしごをのぼった。

「パーシーのやつ、まだほんのすこししかここにいないからな」にいちゃんが下段《げだん》のベッドからいった。「おじいちゃんのおならにやられてしまうのは、時間の問題だな」

「パーシーなら、だいじょうぶだよ。それより、にいちゃんこそ静かにしてよ。ぼく、これから夢を見るんだから」

ぼくは夢を見たかった。だれの夢かって？　それは、もちろん。

夜中に二回、目がさめた。隣《となり》の学校から先生がせきこむ声がきこえてきたからだ。ぼくは目がさめるたびに、ピーアのにおいを思いだそうとした。

でも、どうやっても無理だった。おじいちゃんの部屋《へや》のすぐ横に寝《ね》ているときには、ぜったい不可能にきまっていた。

8 ぼくたちはヌーディストを観察し、甲虫《こうちゅう》をもう一匹《ぴき》、手に入れる

つぎの朝、ぼくが目をさますと、パーシーは家の中にいなかった。

パーシーは、家の外の花柄《はながら》のハンモックで寝《ね》ていた。サナギみたいに、おばあちゃんのすりきれた冬のコートにくるまり、毛皮のマフを枕《まくら》がわりにして。おばあちゃんの白いフェルト帽《ぼう》をおでこにのせて。

あおむけに寝《ね》ているパーシーは、にやにやしながら空を見あげ、学校の先生が朝っぱらから弾《ひ》いているピアノの曲をきいていた。

「おっす、ウルフ」パーシーは、ぼくの方を見ずにいった。「よくねむれたか?」

「なんで、そんなところに寝《ね》てるの? おじいちゃんのところは、ひと晩《ばん》、もたなかった?」

「もたなかったって、どういう意味だ? おれはただ、寝《ね》ながら星を見ようと思っただけさ。都会とここじゃ、空がぜんぜんちがうな。真夜中になるとまっ暗だから、宇宙《うちゅう》の星がよく見えた。さてと、今日はなにをする?」

パーシーは四六時中、なにかをしたがった。すでに、薪割《まきわ》りと水くみをすませていた。

「ボートをこいで、海へ出てみよう。島へきたら、そうするもんだよ。でも、まずは朝食を食べよう」ぼくはいった。

「だったら、海の上で食べようぜ。時間が節約できる」

「うん、それもいいね」

ぼくたちは、パーシーのママがお土産《みやげ》にくれたマーブルケーキと飲み物とおじいちゃんの船乗り用の双眼鏡《そうがんきょう》を持つと、入江《いりえ》へ走っていった。

パーシーはコルク腹《はら》まきをおなかに巻《ま》いていた。お母さんに、ぜったいにおぼれないと約束したからだ。

「おれは、だいじな一人息子だからな。それで、ボートはどこからのるんだ?」

ぼくたちは、入江《いりえ》にあるエステルマンさんの手こぎボートを借りた。いまでは、使う人のいないボートだ。

ぼくは、島の友だちがだれもいませんようにと祈《いの》った。

運がよかった。ボートにのりこんだとき、あたりに人影《ひとかげ》はなかった。パーシーが島の友だちに会ったらどうなるか、ぼくは心配でならなかった。パーシーは親友にするには最高だけど、やっかいなやつでもあるからだ。

「もしも、だれかに会っても、口をきかなくていいからね」ぼくはパーシーにいった。

「どうしてだ？」

「島ではそういうもんだからさ」

ぼくたちはロープをほどくと、海へこぎだした。

といっても、なかなか沖《おき》へは進めなかった。オールをこいでいるのがパーシーだったからだ。バシャバシャと水がはねあがるが、ボートはぐるぐる同じところをまわる。

それでも、パーシーの顔はまっ赤に輝《かがや》いていた。

「うまいだろ！　初めてボートをこいだとき、おまえもこんなにうまくいったか？」

「ぼくは五歳《さい》のときだったから。想像してみてよ」ぼくはいった。

そのとき、ピーアが海岸に姿《すがた》を現した。飼い犬を散歩させにきたんだ。

ピーアがぼくたちに気がついて足を止めると、赤い目をしたコッカースパニエルは海の水をぺろぺろとなめた。

「ねえ、頭の調子はどう？　もうだいじょうぶ？」ピーアは声をはりあげた。「いっしょにいるその子はだれ？」

ぼくは、きこえないふりをした。

ところがパーシーは中腰《ちゅうごし》になると、片方《かたほう》のオールを大きくふりながら返事した。

「おれさ！　パーシーっていうんだ！」

　ぼくはあわててオールをとりあげ、沖《おき》へむかってこぎだした。

　ピーアは岸に立ったまま、インディアンみたいに片手《かたて》を目の上にそえて、ぼくたちを見ている。ピーアも犬も、ぼくたちのことを笑っているようだ。

「だれ、あの子？」パーシーがきいた。

「ピーアっていうんだ。どうでもいい子さ」

「ふうん。まあ、いいや。いまは食うことが先決だ」

　ボートは流れにまかせることにして、ぼくたちは底板《そこいた》に腰《こし》をおろした。頭の上を白い雲がふわふわと流れていく。

　パーシーとぼくは、アクアヴィットの酒瓶《さかびん》をまわし飲みした。瓶《びん》には牛乳《ぎゅうにゅう》を入れてきた。マーブルケーキはぱさぱさしていたけれど、おいしかった。

「最高に楽しい夏になるぜ」パーシーはいった。

「そうなるといいね」

「おまえがいつも島ですることを、おれは全部やりたいんだ。ほかには、なにをするんだ？」

「いろんなことだよ」

「おまえが小さいとき、いちばん好きだったことはなんだ？」

パーシーにきかれて、ぼくはすこし考えた。小さいとき、島でなにをしただろう。手作りのいかだで外海へこぎだそうとした。太陽に届《とど》くくらい空高く凧《たこ》をあげた。サムエルソンさんちの納屋《なや》でワラの中にとびこんだとき、おなかがきゅんとなった。夜中にお産婆《さんば》さんをおどかしに行った。

「でもいちばん好きだったのは、インディアンごっこかな。インディアンになって見張りをするの」

「じゃあ、それをしよう」

「でも、ずいぶん前の話だよ」ぼくはつけたした。「はなたれ小僧《こぞう》だったとき」

「でも、おれは、はなたれ小僧《こぞう》だったときに、そんなことしてないからな」

パーシーにこうまでいわれたら、しかたがない。ぼくは近くの小島へボートをこいでいった。島に着くと、美しい羽根を二本見つけた。ひとつはホンケワタガモの羽根で、もうひとつはカモメのだ。

「おれの名は〈陽気な雲〉だ。だって、おれ、いま、すっごく楽しいもん」パーシーはそういうと、片方《かたほう》の耳の上にホンケワタガモの羽根をさした。「おまえはだれだ?」

「〈大きな尻《しり》〉だ」ぼくはいった。なにか、おかしな名前にしたかった。

ぼくはカモメの羽根を耳の上にさした。なかなかいい感じだ。ぼくは、これまでのぼくのインディアン人生をふりかえった。

おじいちゃんの馬の毛をつめたマットレスに火をつけ、古い毛布を燃やしてのろしをあげたことがあった。あのときは、村の消防団がかけつけてきた。エリクソンさんちの雌牛《めうし》を投《な》げ縄《なわ》で追いかけたときは、牛たちが暴れて大さわぎになった。

むかしの話だ。いまから二年前だ。

「よし、見張りをしよう。なにを見張る?」パーシーがきいた。

ぼくには、ちゃんとわかっていた。


ぼくは目的の島へ静かにボートをこぎ進めた。岸辺のアシがさらさらと音をたてる。

「ぜったいに物音をたてちゃだめだよ」ぼくはパーシーにささやいた。

「ここでなにを見張るっていうんだ?」

「あれさ!」ぼくは二十五メートルぐらい先にある茶色い家を指さすと、おじいちゃんの双眼鏡《そうがんきょう》をパーシーにわたした。

その家には、裸《はだか》で外をうろつくヌーディストのカップルが住んでいた。

いま、男の人は庭の籐《とう》の椅子《いす》に腰《こし》かけ、本を読んでいる。女の人は洗《あら》ったばかりのシーツを洗濯《せんたく》ロープにほしていた。頭にスカーフをまいているけれど、ほかにはなにも身につけていない。丸い尻《しり》が、ぼくたちの方にむいている。

パーシーは双眼鏡《そうがんきょう》を目にあてると、口笛をふいた。双眼鏡《そうがんきょう》は精度がいいから、細い産毛《うぶげ》の先まで見えるはずだ。

「すげえ双眼鏡《そうがんきょう》だな」パーシーは感心している。

すこししてから、ぼくは声をかけた。

「もういい?」

「まだ。こっちをむかないかな」パーシーはいった。

正直なところ、ぼくはヌーディストを見ても、それほどおもしろいとは思わなかった。もう何度も見ていたし、二人はやせていて、中年で、とくに変わっているふうでもなかった。

でも、パーシーは初めてなのだ。

そのとき、女の人が体の向きを変えた。ぼくたちからは、おっぱいが丸見えになった。

おばあちゃんがだいじにしている聖書《せいしょ》の挿絵《さしえ》のエヴァみたいだ。

「なんて青白い顔なんだ。体もまっ白」パーシーがささやいた。

「うん。そろそろ帰ろう」

「おまえはいつもどれくらいの時間、見張るんだ?」

「これくらいだよ」

「じゃあ、行こう」パーシーは双眼鏡《そうがんきょう》をケースにしまった。

ぼくは、あとずさりしはじめた。

ところが、パーシーは青白い顔にむかって、どうしてもなにかいいたくなったらしい。

「見せてくれてありがとよ。あんまり見るものはなかったけどな！」パーシーはさけんだ。

ぼくは必死になってボートをこいだ。口の中がからからだった。

ボートをもとの場所にもどすと、パーシーとぼくはサイダーとキャラメルを買おうと雑貨屋へ歩いていった。

とちゅう、エリクソンさんちの前の坂道で、クラッセに出くわした。

クラッセはいった。

「ウルフ、いま、きみのところへ行こうとしてたんだ。昨日は、なにしてたんだよ？　待ってたのに。具合が悪かったの？」

「いいや、昨日はこいつの誕生日《たんじょうび》だったから、イチゴのケーキなんか食ってた」ぼくのかわりにパーシーがこたえた。「椅子《いす》を直して、それからバッファロー・ビルの本を読んだ」

「あのう、きみは？」クラッセは、ぼくからパーシーに視線《しせん》を移した。

「おれ、パーシー。ウルフの親友で、〈血の兄弟〉。で、おまえは？」パーシーはきいた。

クラッセはこたえなかった。だまったまま、人指し指を片方《かたほう》の鼻の穴《あな》につっこみ、もう片方《かたほう》の穴《あな》から鼻くそをピュッと噴射《ふんしゃ》した。クラッセの得意技だ。

「クラッセっていうんだよ」ぼくはあわてていった。「島でのぼくの親友なんだ。本当にいいやつで、タバコはチェスターフィールドを吸《す》っている。甲虫《こうちゅう》を集めている」

すると、パーシーは右手をズボンの太股《ふともも》でふいてから、クラッセにさしだした。

「ウルフの友だちなら、おれの友だちだ。甲虫《こうちゅう》は何匹《びき》、持ってるんだ？」

まるで奇跡《きせき》だった。パーシーとクラッセが握手《あくしゅ》している。目はあわさないけれど。二人とも、ぼくを見ている。

「三十四匹《ひき》さ」クラッセはため息をついた。

「クラッセは三十五匹《ひき》、集めないといけないんだ」ぼくは説明した。「そうしないと自由になれない。自由になって、ほかの子たちといっしょに夏休みを楽しめない。お父さんがきめたことなんだ」

「おまえのおやじ、おかしいんじゃないか？」パーシーがいうと、クラッセは唇《くちびる》をかみ、小石をけとばした。

パーシーはつづけた。

「まあ、世の中、まともな父親なんて一人もいないけどな。おれの父さんだって、かなり変わり者だし。行こう。キャラメル、買おうぜ」

ぼくたち三人は、いっしょに歩きだした。

雑貨屋の中は、タールとニシンと灯油と殺虫剤《さっちゅうざい》のにおいがした。

パーシーとぼくは、キャラメルひと袋《ふくろ》とサイダーを二本買った。

クラッセはぼくに『ファントム』を一冊《さつ》、買ってくれた。昨日がぼくの誕生日《たんじょうび》だったからだ。それから、「最後の一匹《ぴき》がどうしても見つからないんだ」と、こまったようにつぶやいた。「あちこち、くまなくさがしたのに。明日は、缶《かん》けりの日なのにな」

するとパーシーはクラッセにキャラメルをひとつさしだして、いった。

「心配するなって。おれがなんとかしてやる」

「けど、どうやって？」

「クラッセ、おまえには想像力ってものがないのか？　とにかく、おまえのうちへ行って、甲虫《こうちゅう》を見てみることにしよう」

クラッセの家は坂をすこしのぼったところだから、雑貨屋からはそう遠くない。

ところが村の郵便《ゆうびん》ポストの前で、キッキ、ピーア、グン・ブリットに会ってしまった。三人はクスクス笑いながら、絵はがきを声にだして読みあっていた。

ぼくたちが通りすぎようとすると、三人は顔をあげた。

ピーアは赤いセーターを着ていた。あとの二人の服には、ぼくはまったく目がいかなかった。

「なんで羽根をさしてるの？」ピーアが、にやにやしながら声をかけてきた。

「羽根なんか、さしてないよ」ぼくはそういって、頭に手をやった。「あっ、ほんとだ！」

ぼくはあわててひきぬいたけれど、パーシーは羽根をさしたまま、大きな声でいった。

「おれたち、インディアン。おれ、〈陽気な雲〉、これ、〈大きな尻《しり》〉。おれたち、裸《はだか》の夫婦、見張ってきた」

ぼくは、耳が赤くなるのがわかった。

女の子たちはますます、クスクスと笑いだした。

すこし歩いてから、ぼくはパーシーに文句を言った。

「口をきくなっていったろ！」

ぼくたちはクラッセの部屋へ行くと、机《つくえ》のまわりにすわった。

クラッセは、ダンボールを四角くカットしたものを山のようにつみあげていた。それぞれに、つかまえた甲虫《こうちゅう》が虫ピンでとめてあり、スウェーデン語とラテン語の名前が小さな飾《かざ》り文字《もじ》で書かれていた。

パーシーはクラッセの虫眼鏡《むしめがね》でのぞきながら、脛節《けいせつ》や眼球をながめては、感嘆《かんたん》の声をあげた。

「すげえなあ」

「そう思う？」クラッセはいった。

「ああ、どれもこれもすばらしい。だけど、ハナムグリがいちばんだな」

「サイカブトも強そうだよ」ぼくが口をはさむと、パーシーは「そうだな。二匹《ひき》を戦わせてみたい」とつぶやいた。

すると、クラッセはおでこにしわをよせていった。

「そんなことしてる場合じゃないよ。最後の一匹《ぴき》はどうするんだ？　パーシー、きみには信じられないくらいの想像力があるんだろ？」

パーシーはおでこをぽんとたたくと、真剣《しんけん》な顔つきになった。

「同じ種類をだぶって集めたやつはないのか？」

「いくつかあるよ。複数見つけたやつは、いちばん形のいいのを標本にしたんだ。でも、同じ種類は数には入れられない。新しいのを見つけないと。パパは虫にくわしいから、すぐにわかる」

「そうかあ？」パーシーはそういうと、クラッセにあまっている甲虫《こうちゅう》をとりださせた。虫ピンとナイフとピンセットと糊《のり》も。

「どうするの？」クラッセがきいた。

「まあ、見てなって」

パーシーは手先が器用だった。転校してきたばかりのときは、刺繍《ししゅう》のついた枕《まくら》カバーをとてもじょうずに作った。

いま、パーシーは楽しそうに口笛をふきながら、クロカミキリとオオモモブトシデムシの頭と胴《どう》体《たい》を、それぞれナイフで切りはなした。それから虫ピンの頭を折ってはずすと、針《はり》の両側にクロカミキリの頭とオオモモブトシデムシの胴体《どうたい》をはめて、ぴたっとくっつけた。念のために、カールソン印の糊《のり》をほんのちょっとあいだにぬった。

「『おまえのハートが砕《くだ》けたときは、カールソン印の糊《のり》でくっつけろ』」ぼくはつぶやいた。

「おお、たのむぞ」パーシーはそういいながら、完成品をしみじみとながめた。「これでよしと。あとは、乾《かわ》かすだけだ。これが、クラッセの三十五匹《ひき》目の甲虫《こうちゅう》だ。なっ、おれにまかせろていったろ」

「なんていう名前？」ぼくはパーシーがきっと変なことをいうだろうと期待して、きいた。

「ナツヤスミスクイだ。おやじさんには、さっぱりわからないだろうよ」

クラッセは天才の手による一品を、何度もひっくりかえしてはながめた。目がきらきらと輝《かがや》きだす。なんといって、パーシーに感謝したらいいかわからないといったようすだ。

クラッセはパーシーの肩《かた》をたたくと、お父さんのチェスターフィールドの最後の二本をパーシーにすすめた。

「たしかに、きみは天才だ。明日はいっしょに缶《かん》けりだ！」

「缶《かん》けり？」パーシーがきいた。

「明日になればわかるよ」ぼくはいった。「もう帰ろう。昼食の時間だよ」

「おう！」〈陽気な雲〉はこたえた。

⑨ ぼくたちはスウェーデン一の暴れ馬を、そして満天の星を見る

「いいやつだな、クラッセって」パーシーはいった。

「う、うん」ぼくは、パーシーがクラッセとすぐに仲よしになったことが内心、気に入らなかった。それがなぜなのかも、わからなかった。

ぼくの予想では、パーシーとクラッセは仲よくならないはずだった。おたがいに気があわないだろうと。その二人が友だちになれたというのに、ぼくはちっともうれしくない。

なぜだ？　ぼくはもう、複雑な思春期とやらに足をふみ入れてしまったのか。

パーシーとぼくは昼食のあと、ママがデザートにだしてくれた焼きリンゴを持って、丘《おか》のてっぺんへあがった。そして海をながめながら、焼きリンゴを食べた。

ぼくは、いま胸《むね》の中で感じていることを表にはださないようにした。

ぼくたちは海を行く船がどこの国からきたのかあてっこしたり、うるさい蚊《か》を何匹《びき》かパンとたたいて殺したりした。

「なんていい日なんだ！」パーシーはいった。「インディアンごっこも楽しかったぞ。ウルフ、小さかったとき、ほかにどんなことをした？」

ぼくは、ほかにもいろいろ楽しいことはしたけれど、きみはみんなにべらべらしゃべるから教えないと返事した。

「どうして、おれがそんなことする？」

「しゃべるなっていっても、忘《わす》れてしゃべっちゃうだろ？」

「くそっ、これでもか？」パーシーは、ぼくの肩《かた》に軽くパンチをあてた。

ぼくは、すこし気分がよくなった。

そこで、島の友だちとたてたほったたて小屋の話をした。小屋は木の上に作ったこともあれば、地面にたてたこともあった。

「じゃあ、おれたちは海の見えるところに作ろう」パーシーはいった。「この丘《おか》の上に作るんだ。すぐにはじめよう。そうすりゃ、今夜、泊《と》まれるぞ」

ぼくたちは、すぐに大工小屋へ行った。

おじいちゃんは最近、斜面《しゃめん》の下の入江《いりえ》の桟橋《さんばし》を修理したばかりだったから、はがした古い板がたくさんとってあった。もちろん、道具も釘《くぎ》も必要なものはみんなそろっている。

ぼくたちが板や道具を運んでいこうとすると、おじいちゃんがやってきた。

「おい、わしの道具を持って、どこへ行く気だ?」おじいちゃんはどなったけれど、そんなに不機《ふき》嫌《げん》そうでもなかった。

「パーシーが、今夜泊《と》まれる小屋を作りたいっていうんだ」ぼくはこたえた。

「ほう。わしが夜中に屁《へ》をするからか?」

「ちがいますよ。そうじゃありません」パーシーは丁寧《ていねい》にこたえた。

「もしそうなら、正直にいえ。腹《はら》にガスがたまってしょうがない。エリカは耐《た》えられん。おまえもか?」

おじいちゃんはつばをはくと、セメントの袋《ふくろ》を肩《かた》にかつぎ、ぼくたちに命令をだしはじめた。桶《おけ》、こて、ハンマー、たばねてある板なんかをつぎつぎと指さし、こまごまとした道具は、ビールの木箱にまとめて入れろといった。

「運べ。食と住を欲《ほっ》すれば働くべし」

「どこへ運ぶの?」ぼくはたずねた。

「エステルマンのところだ。馬小屋を修理する。あの暴れ馬がまた南側の壁《かべ》をけりこわしやがった。おまえたちが手伝ってくれれば、あとで小屋をたてるとき、わしが手を貸してやる」

「契約《けいやく》成立!」パーシーは声をあげると、おじいちゃんと握手《あくしゅ》した。

大きくなったら実業家になるのが、パーシーの夢だ。

ぼくたちは、せっせと手伝った。おじいちゃんが必要な道具を、必要なときにさっと手わたしたりした。手先が器用なパーシーは、壁《かべ》を補強《ほきょう》する横板をうちつける仕事を何か所かやらせてもらえた。ぼくは、おじいちゃんが壁《かべ》のすきまに流しこむセメントをかきまわす役目だった。

そのあいだも、馬のスヴァルテンは足をふみならし、荒《あら》い鼻息をたてていた。突然《とつぜん》いなないたかと思えば、板がたわむほど壁《かべ》をけりつけたりする。

「まったく、すごい馬だ」パーシーは感心したようにいった。「疲《つか》れるということを知らないみたいだ」

「そうだよ。スヴァルテンは、スウェーデン一の暴れ馬なんだ。年に少なくとも二回は馬小屋をこわすし、飼い主のエステルマンさん以外、小屋へ入ってえさをやれる人はいない。スヴァルテンを外にだして草を食べさせるなんて、もちろん、だれにもできやしないよ」ぼくは説明した。

「おれ、スヴァルテンをよく見てみたい」パーシーは目を輝《かがや》かせた。

馬小屋の壁《かべ》は、すきまだらけだ。

パーシーは扉《とびら》の割《わ》れ目《め》から中をのぞきこんだ。とたんに、うっと息をのんだ。

すぐ目の前にスヴァルテンがいたからだ。でかくて、汚《きた》なくて、不気味な馬だ。外からさしこむ光線なんか即刻《そっこく》、はねかえしてやるといった、ふてぶてしい態度だ。

スヴァルテンはぬっと、ぼくたちに顔をむけた。白目が光る。両耳をぴんと立て、大きな黄色い歯をむきだしにする。首筋《くびすじ》にしわがよったとたん、ほこりが煙《けむり》のように舞《ま》いあがった。

「どうどう」パーシーは親しげに声をかけた。「こわがらなくていいぞ。おれだよ、パーシーだよ」

スヴァルテンはうなり声をあげ、たったいま、とりつけたばかりの板をけとばした。

「こら、おまえたち、なにやっとる？」おじいちゃんがどなった。「命が惜《お》しくないのか？」

「惜《お》しいよ」ぼくはいった。

「スヴァルテンにあいさつしただけさ」とパーシー。

「馬なんか、ほっとけ。これじゃあ、いつまでたっても、修理できん」おじいちゃんはけとばされてはずれた板を、もっとしっかりした板にとりかえた。

「スヴァルテンは、どうしていつも機嫌《きげん》が悪いんだろう？」パーシーは不思議がると、おじいちゃんはいった。

「馬の頭の中なんて、だれにわかる？　人の頭だってわからんのに。たぶん、この馬は心に傷《きず》を負ってるんだろ。なにかを信じて、なにかを望んだが、そうはならなかった」

「なるほど」パーシーはうなずいた。

「生まれつきだと思うけど」ぼくはいった。

「わからんことを話していてもしょうがない。もちろん、この馬を去勢して、おとなしくさせるこ

ともできるが、エステルマンはそうしたくないんだ。怒《おこ》りっぽいやつをみんな去勢してみろ。そしたら、おまえだって、もっと怒《おこ》りっぽくなるだろ、なあ、ゴットフリード」おじいちゃんは自分の名前をいってにやりと笑うと、馬小屋に最後の仕上げをほどこした。それから、はげあがった頭をハンカチでふくと、帽子《ぼうし》をかぶった。

そろそろ、道具をかたづけてもよさそうだった。

「すばらしいできでもないが、これでよしとするか。さてと帰って、今度はおまえたちの小屋を作るぞ」おじいちゃんはいった。

歩きだすと、直したばかりの壁《かべ》を、スヴァルテンのひづめがけりつける音が響《ひび》いてきた。ドン、ドン、ドン……。静けさの中で心臓《しんぞう》が鼓動《こどう》をうっているような音だった。

その日、日が暮《く》れかかるころには、丘《おか》の上の岩かげに小屋の骨組《ほねぐ》みができあがった。

小屋をたてるには、最高の場所だった。

夕やけの光に刻々《こくこく》と色を変えていく、ひろい空を見わたせる。島と島のあいだで、海の色も変わる。気持ちのいい風がふいている。

パーシーは馬の毛のつまったマットをふたつ、運んできた。

ぼくは、二人分の枕《まくら》と毛布、懐中電灯《かいちゅう》と『ザ・ベスト』をひと束、持ってきた。

「二人とも、本当にここで寝《ね》るつもりか？」おじいちゃんがきいた。「まだ半分もできあがってないぞ。柱に板が数枚《まい》たてつけてあるだけで、ただの穴《あな》みたいなもんだ」

「今夜は暖《あたた》かいよ」パーシーはいった。「毛布もあるし」

「だが、そしたら、『バッファロー・ビル』はどうなる？」

「今夜は、読みきかせなしでがまんしてよ」ぼくはいった。

「かわりに詩をきかせようか？」とパーシー。

「詩だと？『夕暮《ゆうぐ》れがいちばん美しい』とかか？」

「ちがうよ。こうだよ。バッファロー・ビルが屁《へ》をこいた。あんまりすごい音だから、みんな、爆弾《ばくだん》とかんちがい」

空でカモメが笑った。

おじいちゃんも笑った。でも変な声だった。車が雪の中で立ち往生して、エンジンがなかなかかからないときみたいな。

「ククク……。パーシー、おまえはバカではないな」

「そうさ」とパーシー。

「じゃあ、おやすみ」おじいちゃんは帽子《ぼうし》を持ちあげた。

「おやすみなさい」ぼくたちもいった。

おじいちゃんは太陽が沈《しず》んでいく西の方へ歩きだした。うしろから見ると、その姿《すがた》はカウボーイにそっくりだった。

パーシーがいったとおり、夜になるとあたりはまっ暗になった。町で見るよりも、星がはるかに明るい。月はずっと地上に近かった。

外で横になって、謎《なぞ》の円盤《えんばん》が見えるとか見えないとかいいながら、夜空をながめているのは気持ちがよかった。でも結局、円盤《えんばん》は見えなかった。

ぼくたちは、ほかにもいろんなことを話した。

この先、このほったて小屋をどういうふうにしようかと話しあっているうちに、ぼくたちの頭には摩天楼《まてんろう》のイメージが浮《う》かびあがった。大きくなったら、どんなモーターボートを買うかも相談した。そして、クラッセがパーシー特製のあの虫を見せたら、お父さんがどんな顔をするかも想像した。

「口をあんぐり開けて、廊下《ろうか》に敷《し》いてある絨毯《じゅうたん》みたいに、細長い顔になるよ」比喩《ひゆ》が得意なぼくはいった。

パーシーは、この島での暮《く》らしがどんなに楽しいかを嬉々《きき》として語った。ぼくのおじいちゃんが最高にすばらしいということも。

「おまえがいってたのと、ぜんぜんちがうな。とっても親切じゃないか」

「どうしちゃったんだろう。脳梗塞《のうこうそく》でも起きたかな？」

「なんだ、それ？」

「脳《のう》に石がつまっちゃう病気じゃなかったっけ？」

「つまっているとしたら、ウラン鉱だ。ただの石じゃない」パーシーはいった。

ぼくたちは大笑いした。

とたんに、ぼくはピーアの笑い声を思いだした。自分もふくめて、だれかが笑うたびに、ぼくはピーアの笑い声を思いだす。

ぼくは、急に真剣《しんけん》な顔になった。どうしようもなかった。

「どうした？」パーシーにきかれた。

「島では、あまりしゃべらないように」ぼくは念をおした。

「ああ、町にいるときのおれにくらべれば、ぜんぜんおとなしいぜ」

「だけど……。村のポストのところでは、べらべらしゃべってたもの。とにかく、島ではあまり口をきくな。とくに女の子たちとは」

するとパーシーはぼくを見つめた。ぼくの胸《むね》の奥《おく》にある複雑な感情のひだをのぞきこむように。

「ウルフ、ポストのところにいた赤いセーターを着た子が好きなんだろ？」パーシーはずばりとい

いあてた。

「どうしてさ？」

「さあな。でも、そうだろ？　白状しろ！」パーシーは、ぼくの指をぎゅっとうしろにそらした。

ぼくは指が折れそうになり、あまりの痛《いた》さに涙《なみだ》をこぼした。

「う、うん。そう、くそっ」ぼくは認《みと》めた。

「やっぱりな」パーシーは手をはなした。

「だけど、拷問《ごうもん》で白状したのは有効じゃない」ぼくは文句をいいながら、指をふうふうとふいた。

「ジュネーブ条約に書いてある。とにかく、すべてはあの子の笑い声のせいなんだ」

「なるほどな」パーシーはうなずいた。「前に一度、おれはある女の子にひと目ぼれした。その子は、おれがエーレブローにいたころ、同じアパートに住んでいた。あの町に住みはじめてすこしして、アパートの階段《かいだん》で出会って、おれはその子を好きになった。本物の恋《こい》だった。頭が痛《いた》くなって、母さんはおれを医者に連れていった。だけど、その子のほうはおれのことなんか、ぜんぜん気にかけてなくて、恋《こい》はおわった。だから、おまえの恋《こい》もじきにおわるさ」

「えーっ、そんなことないよ」ぼくはいった。「もう、だまって。これから小話の練習をするんだから」

ぼくは『ザ・ベスト』をとりだすと懐中電灯《かいちゅう》をつけ、『軍隊・おもしろ小話』のページを開いた。

ぼくは黙読《もくどく》をはじめた。読みながら、パパがクロスワードにあてはめる単語をひらめいたときみたいに、ひとりでクックックッと笑った。

「声にだして読めよ。そしたら、おれにもわかる」パーシーはいった。

ぼくは声にだして、軍曹《ぐんそう》についての小話をひとつ、読んだ。

「どう、おもしろくない？」

「まあまあだな。つぎは？」

つぎは大尉《たいい》についての小話だった。それから少尉《しょうい》についての。

ぼくはパーシーがねむるまで、小話を読みつづけた。そして懐中《かいちゅう》電灯を消した。

頭の上には、満天の星が輝《かがや》いていた。ぼくは星空を見あげ、明日はピーアのかすれた笑い声をきけると思った。

ぼくはなにを期待していたのだろう。

10 ぼくは恋《こい》とイラクサと酢酸水《さくさんすい》の関係を知る

缶《かん》けりについては、ぼくたちはかなりのベテランだった。

毎年、クラッセがお父さんからの宿題がかたづくころになると、ぼくたちはエードリングさんちのそばの空き地に集まって、缶《かん》けりをした。缶《かん》けりをするには、そこが島のなかでいちばんいい場所だった。隠《かく》れる場所にはことかかないし、空き地の下の方にはアシがはえている入江《いりえ》があった。ぼくたちは缶《かん》のかわりにサッカーボールを使うことにしていたから、思いきり入江《いりえ》の方へけとばせれば、しめたものだ。入江《いりえ》には、ミズヒルがいるからだ。

ぼくは出かける前に歯をみがき、頭を洗《あら》い、黄色いタオル地のシャツを着て、青い短パンをはいた。黄色と青の組み合わせは、スウェーデンの国旗と同じでかっこいい。そしてパーシーには、くれぐれもおとなしくしているようにと、もう一度念をおした。

「まるで、いないと思われるくらいにね」

「まかしとけって！」パーシーはうけあった。

ところが空き地へ行ってみると、みんなの目はパーシーに集中した。ウッフェ・E、ピーア、マリア、ビルギッタ、クラッセ、ベンケ、キッキ、ボー・スチューレ、レッフェとその妹――だれもかれもが、パーシーはファントムであり、聖霊《せいれい》であり、アインシュタインでもあるというような目で見つめている。

パーシーが昨日したことを、クラッセがもうみんなに話していたからだ。

「どうやって、あんなこと思いついたの？」ピーアは瞳《ひとみ》をきらめかせて、パーシーに話しかけた。

「思いついたって、なにをさ？」

「オリジナルの虫を作りあげたことよ」とビルギッタ。

「すげえ頭いいよな！」とベンケ。

「たいしたことじゃないさ。クラッセ、おやじはなんていってた？」パーシーはクラッセに話をふった。

「いってた？　なんにもいえなかったよ。あわてて分厚い図鑑《ずかん》をとってきて、ページをつぎつぎめくっていた。『これじゃない。これでもない』っていいながら。それから、専門家《せんもんか》に電話をかけた。今朝《けさ》、船でストックホルムへ行ったよ。専門家《せんもんか》に見せに。出かける前に、ぼくに二十五クローネくれた。ほら！　でも、これをもらうのは、ぼくじゃない。パーシー、きみさ。そうしないと、正義に反する」クラッセはポケットからとりだしたお札を、パーシーにさしだした。

「とっとけよ。金のためにやったことじゃない」パーシーはいった。

すると、みんなは、パーシーこそイエス・キリストだというような目になって、さらにうっとりと見つめた。しかも一人ずつ、パーシーに自己紹介《じこしょうかい》をはじめた。握手《あくしゅ》までしている。

見ているうちに、ぼくはいらいらしてきた。

「パーシー、今日も会えてうれしいわ」ピーアはそういって、まつ毛がゆれるほど目をぱちぱちさせた。

「ちぇっ、早くはじめよう!」ぼくはさけんだ。

やっと、缶《かん》けりがはじまった。

レッフェが鬼《おに》だ。毎年そうだ。もたもたしているうちに、どうしてもレッフェは鬼《おに》になってしまうんだ。

レッフェはいつものように妹を腕《うで》に抱《だ》き、足をウッフェ・Eのサッカーボールにかけ、目をつぶり、百までかぞえた。そのあいだに、ぼくたちは四方にちらばり、それぞれ好きなところに隠《かく》れた。

パーシーがどこへ隠《かく》れたかは、ぼくには見えなかった。ぼくの目は、ピーアを追うことでせいいっぱいだった。

そのとき、レッフェがさけんだ。

「百!」

ぼくはピーアが隠《かく》れた岩のうしろにすべりこんだ。

「おや、きみも、ここにいたの？　隠《かく》れるにはもってこいの岩だものね」

「しっ、静かに」ピーアはささやいた。

レッフェはまず、隠《かく》れ場所のさだまらないビルギッタを見つけた。つづいて、くしゃみをしたウッフェ・Eを。鼻の中に蚊《か》が入ってしまったんだろう。

「ビルギッタとウッフェ・E、見つけ！」レッフエがさけんだ。

ところがすぐに聖《せい》なる救い主がとびだしていき、ボールをけった。ボールは急な斜面《しゃめん》をいきおいよくころがっていった。

二人の捕虜《ほりよ》は解放され、ゲームはふりだしにもどった。

同じことが何度もくりかえされた。レッフェは妹を抱《だ》いているから、すばやくボールのところへ駆《か》けてこられないんだ。

ぼくは毎回、必ずピーアと同じ場所に隠《かく》れた。

「あたしと同じところに隠《かく》れるの、やめてくれない？」ピーアがうなるようにいった。

「きみがいるなんて、知らなかったんだ」

「とにかく、やめて！」ピーアはぴしゃりといった。

でもつぎのときも、ぼくはピーアと同じ場所に隠《かく》れた。そうせずにはいられなかった。引力にひっぱられて、地球の磁石《じしゃく》にひっぱられて、あるいはほかのなにかの力にひっぱられて、どうしてもそうなってしまうんだ。

そのつぎのときも、ぼくはピーアが姿《すがた》を消した屋外トイレのうしろの溝《みぞ》にとびこんだ。ところが、そこはイラクサのしげみだった。イラクサには太いトゲがある。おまけに、しげみはぼくの肘《ひじ》ぐらいまであった。ぼくは悲鳴をあげた。股《もも》や左腕《ひだりうで》が火で焼かれたように痛《いた》かった。

「なに、さわいでるのよ？」ピーアがどなった。

「トゲが……」

「だから、あたしのあとにくっついてこないでっていったのよ」ピーアはそういいながらも、ぼくの泣きっ面を見てにやにやしている。笑い声をあげてくれるかもしれない。

ぼくは、いまがチャンスだと思った。

「小話、ききたい？」

「ううん」

「どうして？」

「あなたの小話、おもしろくなさそうだもの」

「でも、これはおもしろいよ」ぼくは、伍長《ごちょう》についての小話をはじめた。

けれども、ピーアはため息とあくびをくりかえした。いまにもねむってしまいそうだ。こういうときに人を笑わせるのはむずかしい。喜劇王《きげきおう》チャップリンだって、トーキー映画《えいが》になったときは苦労しただろう。

「ほかの話にする？」

「まだわからないの？」

「わからないよ」ぼくはそういうと、ピーアのわきの下をくすぐった。

ばかなことをしているとは思った。でも、ぼくは自分を止められなかった。どうしても、ピーアのかすれた笑い声がききたかった。きくまでは、家へ帰りたくなかった。

とりあえず、ピーアは笑った。でも、いつものとはちがった。楽しいときにあげる、あの笑い声ではなかった。

しかも、ぼくたちは同時に見つかってしまった。

「ピーアとウルフ、見っけ！」レッフェの声だった。

「あなたのせいだからね」ピーアはきすてるようにいうと、ぼくの腕《うで》からすりぬけた。「ねえ、みんな、出てきて！」

ピーアの声に、みんなもそれぞれの隠《かく》れ場所から出てきた。

パーシーは頭にワラをつけていた。シャツには植物のツルをつけていた。それでも、とても楽しそうな顔をしている。

けれども、ピーアはすっかり機嫌《きげん》をそこねていて、「缶《かん》けりはやめる」といいだした。ぼくを指さし、地震《じしん》が起きそうなくらいに激《はげ》しく地面をふみつけた。

「ウルフがいるなら、あたしは、ぜったい、ぜったい、缶《かん》けりはやらない。変よ、この子！」

「恋《こい》をしているだけだよ」パーシーがいった。

「だまれ」ぼくはパーシーの口をふさいでから、みんなにいった。「ぼくはただ、小話をしようとしただけだよ。でも、ピーアがききたくないっていうんだ」

「だって死にたくなるくらい、つまらない話なのよ」ピーアはいった。

「そんなことないぜ。これも、つまらない？」パーシーは、ぼくが前の晩《ばん》に読んできかせた小話のひとつを披露《ひろう》した。手榴弾《しゅりゅうだん》を投げた曹長《そうちょう》の話だ。前の晩《ばん》の話のなかでは、いちばんつまらないと思った話だった。

なのに、ピーアは笑った。かすれたあの声で。同時に、ぼくの股《もも》には、イラクサの熱く焼けた何千本ものトゲがつきささったような激《はげ》しい痛《いた》みが走った。

パーシーはぼくの肩《かた》をたたき、ささやいた。

「いまだ。連隊長の話をしろ」

ぼくはいわれたとおりにした。

「えー、あるところに連隊長がおりまして、隊員を配置につけ……」ぼくは必死になって話した。

けれども話しおわっても、ピーアはまったく笑わなかった。

クラッセは笑った。ベンケとビルギッタも。

ピーアはずっとパーシーを見つめていた。そして、にこっとほほえむと、肩《かた》をすぼめた。

「ねっ、ウルフの話ってつまらないでしょ？　くだらないのよ。どうして、こんなに差があるのか、さっぱりわからないわ。あなたたち、明日は港で泳がない？」

ピーアはたしかに「あなたたち」といったけれど、目はパーシーしか見ていなかった。

「おう。明日、泳ぎに行くよ」パーシーはこたえた。

「ぼくは行かないと思う。もう帰ろう」ぼくはいった。

「もうピーアのことを考えるのはよせ」家へ帰ると、パーシーはぼくにいった。「あの子にはユーモアのセンスがない。とくに軍隊物はだめだ」

ぼくたちはハンモックにすわり、気持ちをおちつけようと前後にゆらしていた。

おじいちゃんは雨どいを直していた。にいちゃんが、はしごを支えている。

「軍隊物だって、わかるはずだよ。ピーアのお父さんはパイロットなんだから」ぼくはパーシーにいいかえした。「だいたい、なんできみがピーアのご機嫌《きげん》をとるんだ？　しゃべるなって、あれほどいっておいたのに」

「機嫌《きげん》なんてとってないぜ」

「とったよ！」

「くそっ。おれは、ぜんぜん可愛いと思わないけどな。ピーアがなにに似てると思ってると思う？ペギニーズだよ。ワン、ワン」パーシーはほえながら、耳たぶをふってみせた。

ぼくは、パーシーのおなかに一発パンチをお見舞《みま》いした。

「ピーアのことをそんなふうにいうな」

「いったっていいじゃないか。おまえには関係ない」

ぼくはもう一発、パーシーにお見舞《みま》いしようとしたけれど、パーシーはぼくの腕《うで》をさっとつかんだ。ちょうどイラクサのトゲにやられたところだった。

ぼくは悲鳴をあげた。

はしごの上で、おじいちゃんがよろめいた。

「うるさい！」おじいちゃんはひと声どなって、はしごをおりると、口から小さな釘《くぎ》をペッとはいた。

「イラクサにやられたんだ」パーシーがいった。

「それで、悲鳴をあげたのか？」おじいちゃんは鼻をフンと鳴らした。

「わしは一度、湯気のたったボイラーで尻《しり》を全部やけどしたことがある。一か月は、すわれなかった。だが、泣き言はいわんかったぞ」

おじいちゃんはぼくを抱《だ》きあげると、肩《かた》にかついで家の中へ入っていき、この前、直したライオンの椅子《いす》にすわらせた。それから、脱脂綿《だっしめん》と酢酸水《さくさんすい》を入れたコーヒーカップを持ってきた。

「しみる？」ぼくはきいた。

「ああ、しみる。だが効く」おじいちゃんはそういうと、酢酸水《さくさんすい》をしみこませた脱脂綿《だっしめん》で、ぼくの腕《うで》や足をふきはじめた。

しみて、しみて、ぼくは鳥肌《とりはだ》が立った。涙《なみだ》もあふれた。でも、泣き言はいわなかった。かわりに、奥歯《おくば》をぎゅっとかみしめていた。

「なんでまた、こんなにイラクサにやられてしまったんだ？」おじいちゃんがきくと、そばで見て

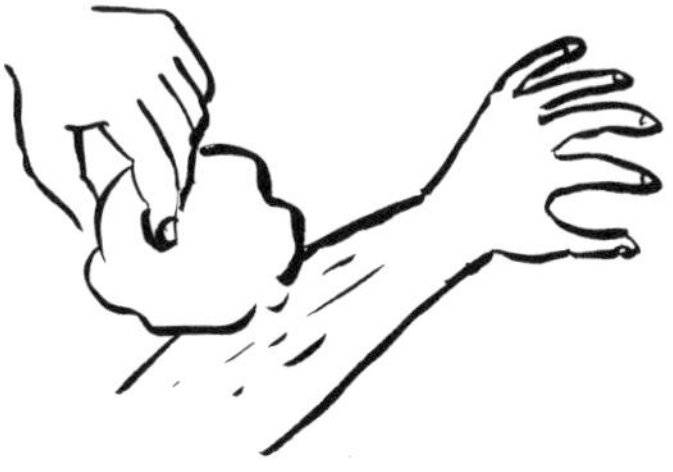

いたパーシーが口をはさんだ。

「おじいさんは、恋《こい》をしたことないの？」

「なんだと？」おじいちゃんの青い目が、パーシーをにらみつけた。

「おじいさんは、恋《こい》をしたことないの？」パーシーはくりかえした。

すると、おじいちゃんは、おばあちゃんの方をちらっと見た。

おばあちゃんは肘《ひじ》かけ椅子《いす》にすわって、タバコをくゆらしながら、窓《まど》の外をながめている。グレーのカーディガンをはおり、金のイヤリングをしているおばあちゃんは、いつもどおり美しい。

「わしは、いまでも恋《こい》してるぞ」おじいちゃんは小声でいった。

そしてぼくの傷《きず》をふきおわり、カップの酢酸水《さくさんすい》をすてに肘《ひじ》かけ椅子《いす》の横を通りかかったとき、そっと前かがみになって、おばあちゃんの頬《ほお》にまめだらけのごつい手をのばした。

おばあちゃんはさっとよけた。

耳のイヤリングがゆれた。

「おふざけは、やめてください」おばあちゃんはいった。

おじいちゃんはだまって、外へ出ていった。パーシーとぼくも、ついていった。

イラクサの痛《いた》みは、だいぶおさまっていた。

おじいちゃんは、庭のいちばん大きな岩の前に立っていた。イチゴ畑のまん中にある、黒くて、丸くて、墓石みたいな岩。

まるで、すべての悲しみと怒《いか》りと失望を吸《す》いこんできたかのように、時がたつにつれ、岩は重く、黒くなった。

おじいちゃんはざらざらした岩の表面におでこをあてて、静かに言葉をはいた。

「ちくしょう！　わしは、この岩がきらいだ。どうして、どうして、こんなものが、ここにあるのか？」

「きっと、神さまが降《ふ》らせたんだよ」ぼくはいった。

すると、おじいちゃんは顔をあげ、赤くなった目を見開いて、ぼくを見た。

最初、おじいちゃんにはぼくがだれだか、わからないみたいだった。それから、ぼくの髪《かみ》の毛《け》をなでようと、片手《かたて》をのばした。でも、すぐにひっこめて、かわりに自分のおでこをぬぐった。

「そうかもしれんな、ウルフ。とにかく、この岩はいまいましい」

「おれ、『バッファロー・ビル』をすこし読もうか？」パーシーがいった。

「いいや、おまえたちは家へ入りなさい。わしは、しばらくひとりでここにいたい」

パーシーとぼくは岩のところにおじいちゃんを残して、家の中へ入った。

「どうして、あの岩のこと、神さまが降《ふ》らせたなんていったんだ？」パーシーがきいた。

「きて。聖書《せいしよ》を見せるよ」ぼくはいった。

11 ぼくたちは聖書《せいしょ》を調べ、パーシーは陸上で水泳の練習をする

ぼくたちは、パパとママが寝室《しんしつ》にしている船尾《せんび》客室へこもった。

レースのテーブルクロスがかけられた丸テーブルの上、ちょうどシャンデリアの真下に、大きな家庭用の聖書《せいしょ》が置いてあった。とても重たい本だから、ぼくはときどき腕《うで》の筋肉《きんにく》をきたえるのに使っていた。

ぼくは、七ページのカインのようになりたかった。あるいは、三三五ページの城門《じょうもん》の扉《とびら》を運んでいるサムソンみたいに。二人の男たちのような力強い筋肉《きんにく》もりもりの体に、ぼくはなりたかった。

おばあちゃんがだいじにしているこの聖書《せいしょ》には、挿絵《さしえ》がたくさんついていた。ドレというフランスの画家が描《えが》いたもので、どの絵もすばらしかった。といっても、『アッレル』という週刊誌《しゅうかんし》の表紙を描《えが》いているデンマーク人の画家クート・アードほどではないけれど。

たとえば、聖書《せいしょ》のはじめのほうのページには、『女の創造《そうぞう》』という絵があって、エヴァがしげみの中から現れる場面が描《えが》かれていた。たったいま、神によって創《つく》られたばかりのエヴァは、アダム

のもとへ歩みよっていくところだ。服というものが発明される前の話なので、エヴァはすっ裸《ぱだか》、おっぱいが見えている。でも、おなかの下の部分は、ちょうど枝が一本のびてきていて、見えない。

一〇五一ページには、ぼくがこれまで見たなかで、いちばん気持ちの悪い『復活する骨《ほね》』という絵が載《の》っていた。人間の骸骨《がいこつ》がつぎつぎと地面から立ちあがり、しゃれこうべを首にすげたりしている。この絵のせいで、ぼくは何度か悪夢にうなされたことがあった。

ぼくは、それをなによりもパーシーに見せたかった。

でも、ぼくは聖書《せいしょ》を床《ゆか》に置くと、二八七ページを開いた。

「ほら、ここ。神さまが岩を降《ふ》らせている」

『神は雨のように、アモリ人の上に岩を降《ふ》らせる』という絵だった。

ぼくたちは腹《はら》ばいになって、しみじみと絵をながめた。

命にかかわるほどの大きな岩が、雨のように、アモリ人の頭めがけて降《ふ》ってくる。アモリ人たちはラクダにまたがり、逃《に》げようとする。

「どうして、神さまはこの人たちの上に岩を降《ふ》らせたんだ?」パーシーは不思議がった。

「ぼくにもわからない。きっと、バカなことをしたんだろう。それで、神さまが怒《おこ》ったんだ」

すると、パーシーは倒《たお》れたラクダの絵の上に人さし指を置いた。

「よくないよ。神さまがこっちの人たちに腹《はら》をたてたのは、いい。でも、ラクダはなにか悪いこと

をしたのか？」

「さあ。まきぞえをくっただけかも。神さまは、おじいちゃんに似ているな。怒《おこ》りっぽいんだ」

ぼくたちが腹《はら》ばいになって聖書《せいしょ》を真剣《しんけん》に見ていると、おばあちゃんが部屋へ入ってきた。

おばあちゃんは両手を胸《むね》の前に組んで、奇跡《きせき》を目撃《もくげき》したわとでもいうように、にっこりとほほえんだ。おばあちゃんは、けっこう信心深いんだ。

「あなたたちが聖書《せいしょ》を勉強してるなんて、うれしいわ。聖《せい》なる文章に興味があるなんて、思いもよらなかったもの」

「見てるだけだよ」ぼくはいった。

「じゃましないわね」おばあちゃんはそういうと、部屋《へや》から出ていった。

空から岩が降《ふ》ってくるおそろしい絵を見あきると、パーシーはべつのページの絵に目を移した。

神さまが怒《おこ》って大雨を降《ふ》らせ、洪水《こうずい》が起こり、地上が水に沈《しず》んでいく絵だ。母親たちは子どもを岩の上にあげるのに必死になっているけれど、神さまは助けようともしない。

「やっぱり泳げないとだめだな」パーシーはつぶやいた。

「うん、神さまがまた怒《おこ》ったときのために」ぼくもいった。

「っていうか……。明日、港で泳ぐんだろ？」

「やめようよ」

「いいや、おれはこの島での正しい夏休みをすごしたいんだ。それに、父さんと賭《か》けをしたし。こっちにいるあいだに、二十メートル泳げるようになるって。泳げるようになる気がするんだ。おまえはだれに習ったの？」

「ブリッタ・レーヴっていうお姉さん。ブリッタが十四歳《さい》で、ぼくが五歳《さい》のとき。ブリッタは、ぼくのパパとママからコーチ料をもらったんだ。でも、ブリッタはもうここにはいない」

「じゃあ、おまえがおれに教えろ」

ぼくはため息をついた。ピーアのことを思ったら、ため息が出たんだ。パーシーにすぐまたピーアと顔をあわせてほしくなかった。

「いくらくれるの？」ぼくがきくと、パーシーは頭の中で計算しているのか、目をくるくるとまわした。

「お金のことは冗談《じょうだん》だよ。ソファベッドの前で、腹《はら》ばいになって。平泳ぎを教えるから」ぼくはいった。でも、パーシーがひと晩《ばん》で泳ぎを覚えられるとは思わなかった。

そんなことは、だれにもできない。だから、とりあえず明日はだいじょうぶだろう。

ぼくは、まずパーシーに腕《うで》の動かし方を教えた。つぎに足。

そして、ソファベッドからパパとママの下着がしまってあるタンスまで泳いでみるようにいった。

つぎにテーブルをまわり、壁《かべ》の、手に扇子《せんす》を持ち、茶色い瞳《ひとみ》の青白い顔をした女の人の絵のところまで。

「一、二、三。一、二、三」ぼくはパーシーが床《ゆか》の上を泳ぐあいだ、テンポをとった。

陸上での泳ぎは、すぐに上達した。

「おっ、なんかうまくいきそうだ。カンタン、カンタン。よし、水泳はもういいから、おれたちの小屋へ板をうちつけに行こう」そういって立ちあがったパーシーのおなかは、ほこりだらけだった。

「うん、行こう。でもその前に、『ザ・ベスト』を溺死《できし》させなくちゃ。もう二度と、読まないから！」

ぼくたちは雑誌《ざつし》をひもでしばると、適当に大きな石を結びつけた。それからボートをこいでいって、入江《いりえ》のまん中で雑誌《ざつし》を沈《しず》めた。

「〈血の兄弟〉をからかうと、こういう目にあうんだ！」ぼくはいった。

その夜、パーシーはおじいちゃんとぼくのために、『バッファロー・ビル』のつづきをすこし読んだ。

おじいちゃんはソファに横になって、あごまで布団《ふとん》をかけていた。ぼくは書き物机《づくえ》の椅子《いす》にすわり、パーシーはおじいちゃんの足もとにすわっていた。

第二章で父親を亡《な》くしたバッファロー・ビルは、十一歳《さい》で家族を養わなければならなくなる。それが第三章だ。ビルは馬にのって、治安の悪い地域《ちいき》にいる軍隊のもとへ、日用品や家畜《かちく》を届《とど》けに行く。

「ビルは、やる気満々だった」おじいちゃんはつぶやいた。

「うん、おれもさ」パーシーがあいづちをうつと、「さあ、つづきを読め」とおじいちゃんは先をうながした。

パーシーは読みつづけた。この前と同じようにすらすらと。

「『……その旅で、わたしはモカシンを三足すりへらし、足裏《あしうら》の皮が厚くなればなるほど、でこぼこ道を歩くのがたやすくなるという教訓を得た』」

しばらくすると、おじいちゃんはねむってしまった。ちょうどバッファロー・ビルが砂漠《さばく》の砂嵐《すなあらし》を避《さ》けるため、人骨《じんこつ》だらけの穴《あな》に入ったところで。

ぼくたちは、おじいちゃんのいびきをききながら部屋を出て、ほったて小屋へむかった。

小屋は、本当に居心地《いごこち》がよかった。壁《かべ》は三面できていた。残りについては、どんなふうにするかもうすこし考えることにして、ぼくたちはそれぞれの毛布にくるまった。

懐中電灯《かいちゅうでんとう》はつけなかった。

「おまえが小さかったとき、ほかにはなにをした？」パーシーがきいた。

「うーん、なにしたかなあ。黒アリを口に入れてみたりとか、みんなと古い板やポリタンクでイカダを作ったりとか。あとは、よく覚えてないや。本当に小さいときだもの」

パーシーはぼくの話したことをすべて、頭にたたきこんでいるみたいだった。

「そうそう、それからヤナギで弓矢を作って、にいちゃんのお尻《しり》にあてた」

「よし、おれもそうする」

「だめだよ、そんなことしちゃ」ぼくはいった。

そのあとは、だまって海をながめた。さびた大型船が明かりをつけて、通りすぎていく。丸窓《まるまど》がぼんやり光っている。本物の幽霊船《ゆうれいせん》みたい。船は点滅《てんめつ》する灯台の方へ、汽笛を鳴らしながら進んでいった。

汽笛の音さえ、ぼくにはピーアのかすれた笑い声のようにきこえた。

やがて、海面には黒い水にゆれる銀色の波しか見えなくなった。

「明日は泳ごう」パーシーはそういって、ねむりにおちた。

体をまるめて毛布の下にもぐりこんだパーシーは、平泳ぎみたいに足を動かしていた。

ぼくは頭の上にひろがる暗い夜空が、ピーアのピンクのバスタオルだと想像した。

12 パーシーが的を射当《いあ》て、ほとんど完璧《かんぺき》に泳いでみせる

「待て、この悪ガキ。頭の皮をはいでやる！」にいちゃんのわめき声で、ぼくは目がさめた。

にいちゃんは庭の芝生《しばふ》のあたりで、ギャアギャアさわいでいる。

隣《となり》の学校からは、先生がピアノで練習している葬式用《そうしきよう》の賛美歌がきこえる。

ぼくは毛布からもそもそとはいだすと、家の方へ走っていった。

にいちゃんは、パーシーを追いかけまわしていた。とびつこうとして、尻《しり》もちをつく。

パーシーは手に弓を持っていた。

にいちゃんがパーシーをつかまえそうになったとき、ぼくはさけんだ。

「パーシーがなにかしたの？」

「外で小便してたら、こいつがおれの尻《しり》に矢をあてやがった」

「わざとじゃないでしょ？」わざとだとわかってはいたけれど、ぼくはいった。

「わざとにきまってるだろ！」にいちゃんはさらに声を荒《あら》らげ、弓をバキッとまっぷたつに折ると、

林の中へ投げすてた。「二度とするなよ。またやったら、かまどで熱したフォークで、おまえの尻《しり》を千回さしてやる。わかったな？」

「ああ」パーシーはこたえた。

「いますぐにそうしないだけでも、ありがたいと思え」にいちゃんはため息をつくと、行ってしまった。

「こんなことして、なんのためになるんだよ？」ぼくはパーシーにきいた。

「おれは、黒アリも食ったぞ。釘《くぎ》もバケツ半分ほど、まっすぐにした。おまえが寝坊《ねぼう》しているあいだに、いろいろやった」

パーシーは本当に積極的だった。

「でも、もうすこしのんびりしない？　ぼくは小さいとき、のんびりすることもたくさんやったよ。のんびりしてから、サンドイッチ投げをした」

「サンドイッチ投げ？」

「そうだよ」

「それ、やろう。でも、なんでサンドイッチを投げるんだ？」

パーシーは、本当にサンドイッチを投げると思いこんだ。台所へ行って、めいめいサンドイッチを作り、ゴミ箱に投げ入れる遊びだと。パーシーは、ときどきカンペキに常識がなくなるんだ。

「本当にサンドイッチを投げるんじゃなくて、そういう名前の遊びなの」ぼくはいった。

そしてパーシーを海岸へつれていき、うすくて平たい石をえらぶよう教えた。重いのはだめだけど、軽すぎてもいけない。風に流されないくらいの重さがないと。

「親指と人さし指ではさんで石を持つんだ。こんなふうに。それから、水面すれすれに投げる。空とぶ円盤《えんばん》みたいに」

ぼくは適当な石を見つけて、やってみせた。石は理想的な角度で、まるでミジンコみたいに水面をはねながらとんでいった。

「八回もはねたよ！」ぼくは得意げにいった。「すぐには、こうはいかない」

パーシーは、なかなかうまくならなかった。

三十分もすると、パーシーはいった。

「石より、おれが水にとびこみたくなったぜ」

ぼくたちは、なんでもありそうなおじいちゃんの大工小屋でタイヤをさがした。正確にいえば、タイヤのゴムチューブをさがした。

目的のものが見つかると、ぼくたちはスーパーの前でぱんぱんにふくらまし、それから港へおりていった。港のあたりは水が浅くて、流れも穏《おだ》やかだ。まだ時間が早いから、ふたりきりでゆっくり水泳の練習ができる、とぼくは思った。

「ピーアがきても、機嫌《きげん》をとったりしないでよ」ぼくはパーシーに念をおした。

すでに海にとびこんでいたパーシーは、水面にだした頭でうなずいた。泳げるようになることで頭がいっぱいなんだ。

パーシーはタイヤを胸《むね》の前に支えて、海底の泥《どろ》に足を着けて立っていた。ひもでおでこに結びつけたホンケワタガモの羽根が、朝のそよ風にゆれている。おなかには、安全のためのコルク腹《はら》まきをまいている。

「ううっ、冷たい」パーシーは体をふるわした。

「すぐに慣れるよ。さあ、足の動きからはじめよう。両手をのばして、しっかりとタイヤを持って。昨日やったみたいに、足を動かしてみて。どうやったか覚えてるよね？」

「あたりまえさ。おれは、頭に石なんかつまっちゃいないからな」

「じゃあ、はじめて」ぼくはガソリンスタンドのある桟橋《さんばし》に立って、経験豊かな水泳のコーチみたいに声をはりあげた。「足をしっかりのばして。はい、ちぢめて。床《ゆか》の上でやっているんじゃないぞ。よーし、その調子！」

両手でしっかりとタイヤをつかんで泳ぐパーシーの姿《すがた》は、ばかでかいカエルみたいに見えた。足のけり方は力強くて、本当にじょうずだった。

　そういうぼくは五歳《さい》のときに泳ぎを習いはじめ、六歳《さい》で認定証《にんていしょう》をもらった。ぼくはずっと自分を天才児だと信じてきた。

「いいぞ、その調子！　神さまが怒《おこ》ったときのことを考えて！」ぼくはパーシーを励《はげ》ましつづけた。

　パーシーはレジャー用ボートのブイをひとつ、またひとつと通りすぎていく。カモメたちが、まるで全国大会の自由形決勝戦を見ているみたいに、声援《せいえん》を送った。

　ぼくもズボンをぬいで、海にとびこもうとした。まわりに視線《しせん》をむけると、とくに気になるものはなにも見えなかった。太陽のまぶしい光だけが目の奥《おく》に残った。

　ところがつぎの瞬間《しゅんかん》、ピーアが見えた。

　雑貨屋から坂をおりてくる。黄色いワンピースを着て、腰《こし》に赤いゴムのベルトをしめて。手にはバスタオルの入った袋《ふくろ》をさげている。ワンピースのすそが風にゆれている。

ピーアの歩き方は、とくべつだ。ふわふわとしていて、まるでダンスをしているみたいだ。髪《かみ》の毛《け》もさらさらとゆれる。

ぼくはやせてみえるように、おなかをひっこめ、ピーアが近づいてくると声をかけた。

「やあ」

「もうきてたの？」

「うん」

「今日もまた、小話をきかせるつもりじゃないでしょうね？」

「ううん、もう海に沈《しず》めたよ」

かわりに、ぼくはいろんなことを話した。

にいちゃんが今朝、お尻《しり》に矢をあてられたこと、ピーアのワンピースがとてもすてきなこと、おじいちゃんが昨日一時間も岩をのろっていたこと。

ぼくはピーアが話をきいてくれることがうれしくて、べらべらとしゃべりつづけた。ピーアがパーシーのことをたずねるすきをあたえないためにも。

けれども、ぼくがほんのちょっと話を止めたとたん、ピーアはいった。

「パーシーは？」

「ぼくが泳ぎを教えてるところ。あいつ、ぜんぜん泳げないからさ」

するとピーアは海面を見わたした。

「どこにいるの？」

ぼくもふりむいた。太陽に輝《かがや》く波がちゃぷちゃぷと、港に停泊《ていはく》している船にあたっていた。波間に浮《う》いたりもぐっだりしているウミアイサが見える。

でも、パーシーの姿《すがた》はない。

あっ、いた！　港の出口近く。ホンケワタガモの羽根が、海面につきでている。パーシーは、波の高い港の外へむかって泳いでいる。

「いけない、パーシーを見ているのを忘《わす》れた！」

「パーシーはどこなのよ？」

「オーランド島へ行くところ！」ぼくはさけんだとたん、全速力で駆《か》けだした。ミズヒルのいる小川をとびこえ、係留中のボートにそって走った。

「いま行く！　待ってろ！」ぼくはボート小屋のひさしにぶらさがっている鉤竿《かぎざお》をとると、突堤《とってい》へ走り出た。

石でできた突堤《とってい》の先端《せんたん》には、木のやぐらが組んである。

やぐらの木はすべりやすいが、ぼくはその上に立ち、できるだけ鉤竿《かぎざお》をのばしてパーシーをひき

あげようとした。コルク腹《はら》まきのひもに鉤《かぎ》をひっかけるつもりだった。

けれども、いくらやっても届《とど》かなかい。

パーシーはふりむきもせず、タイヤをつかんだまま、どんどん泳いでいってしまう。

「パーシー、おちついて。いま、なんとかする！」ぼくはさけんだ。

「どうだ？　うまくいってるか？」パーシーはさけびかえしてきた。と思うや、ざぶんと大きな灰《はい》色《いろ》の波にのまれた。

ぼくはあわてて突堤《とってい》をひきかえし、オールのついた手漕《てこ》ぎボートにとびのると、パーシーを追ってこぎだした。

パーシーはすでに向かい側の島とのあいだ、海のまん中ぐらいまで流されている。船首がさびている大型のソ連の貨物船が、パーシーにむかって近づいてきた。

「気をつけろ！」ぼくはさけんだ。

でも、どうしてその声がパーシーに届《とど》くだろう。貨物船は進路を変えようとはしない。

あっというまに、ホンケワタガモの羽根のついた頭は見えなくなった。貨物船が通りすぎ、ぼくのボートはその波にゆれた。

ふたたびパーシーの頭が波間に見えると、ぼくはありったけの力でボートをこいだ。

すぐそばにボートをつけたけれど、パーシーはへりをのりこえて、はいあがってくることができなかった。港までパーシーをボートのうしろに結びつけて、ひっぱっていくしかなかった。

港にはクラッセもうきていて、ピーアの横に立っていた。

ぼくたちはみんなで力をだしあって、いっせいにパーシーを桟橋《さんばし》にひきあげた。

パーシーは桟橋《さんばし》の上にたおれこむと、釣《つ》りあげられたヒラメみたいにあえいだ。

「外海へ出ていったりして、どうするつもりだったんだよ？」ぼくはいった。

「タイヤが前にあったから、方向転換《てんかん》できなかったんだ。足の動かし方はよかったか？」

「カンペキだった」

「よし」パーシーはそういうと、すこし水をはいた。「でも、つぎからはこんなに長い時間トレーニングはしないぞ」

パーシーの唇《くちびる》は青く、体はふるえ、歯がガチガチ鳴っていた。

それを見たピーアは、ぼくを責めるようにいった。

「あなたはパーシーの友だちなのに。泳げない子をひとりにして。おぼれたらどうするつもりだったのよ？」それからピーアは前かがみになって、パーシーのおでこに片手《かたて》をあてた。「こんなに冷えちゃってる。体温をあげないといけないわ」

ピーアの言い方は、将来《しょうらい》まちがいなく、優秀《ゆうしゅう》な手術専門看護婦《せんもんかんごふ》になれるだろうと思わせた。

ピーアは、この前ぼくの顔にかけてくれたあのピンクのバスタオルをとりだすと、パーシーの体にかけ、腕《うで》や胸《むね》をさすりはじめた。そうやってパーシーの体温をあげるのだ。

「だいじょうぶ。あたしがすぐに温かくしてあげますからね」

「そこまでする必要ないよ」ぼくはいった。

ピーアがひざまづいて、ぼくに幸せのめまいを起こさせたあのバスタオルでパーシーの体をマッサージする姿《すがた》を見ているのは、はっきりいっておもしろくなかった。

「なにいってるの？　パーシーを殺しかけたあなたが」ピーアは冷たい声でいうと、まるで血の通わない殺人鬼《さつじんき》とでもいうように、ぼくをきっとにらみつけた。

「だけど、パーシーを陸までひいてきたのは、ぼくだよ！」ぼくはいいかえした。

とたんに、パーシーがバスタオルをはらいのけた。

「やめろ！　おれは生きているんだ。家へ帰って、もっと子どもらしいことをして遊ぼう。クラッセ、おまえもくるか？」

「もちろん」クラッセはこたえた。

ぼくたち三人は歩きだした。

宝物《たからもの》のようにバスタオルをたたみながら、ピーアがいった。

「土曜日、ダンスにくる？」

「さあな」〈陽気な雲〉はこたえた。

その日、結局、ぼくたちは子どもらしい遊びはしなかった。というのは、まずクラッセがトウヒの木のかげで、チェスターフィールドをぼくたちにおごりたがったからだ。おぼれかけたときにはこいつが必要だ、とクラッセはいった。

一服しおわると、パーシーとぼくはクラッセに半分できかけのほったて小屋を見せたくなった。小屋へ行ってみると、おじいちゃんがいた。

おじいちゃんはちょっと時間があったので、ぼくたちの小屋に窓《まど》を作りにきてくれたんだ。すでに壁《かべ》のひとつには、ちょうどいい大きさの穴《あな》がのこぎりで開けてあり、おじいちゃんはそれにあうガラス板をダイヤモンドで切りだしたところだった。

「おお、おまえたち、ちょうどいいところへきた。おまえたちの小屋のために、すこしばかり働いたぞ。はめるのを手伝ってくれ」

すぐに、ぼくたちは手伝った。窓枠《まどわく》をしっかりとねじでとめ、蝶番《ちょうつがい》を三個つけた。それからガラスをはめた。

さっそく中へ入り、窓《まど》を開けて景色《けしき》をながめてみた。すばらしい。まるで額縁《がくぶち》の中の絵を見ているようだ。昼さがりの光に照らされた島と島のあいだの海を、二隻《せき》の漁船が行く。

「すごいなあ!」クラッセが歓声《かんせい》をあげた。

「ああ、じきにほったて小屋ではなく、家と呼《よ》べるようになるぞ」おじいちゃんはいった。

「完成したら、シャンデリアとラジオ付のステレオを買おうぜ」とパーシー。

「ペルシャ絨毯《じゅうたん》も」ぼくはいった。「ストックホルムの家にはあるよ」

「あとは、おまえたちの考えでやれ。さてと、そろそろ昼飯の時間だ」おじいちゃんは鎖《くさり》でチョッキにつけている金の懐中《かいちゅう》時計を見て満足そうににやりと笑うと、松の枝にひっかけていた上着を着て、帽子《ぼうし》をかぶった。

ところが歩きだそうとして、足を止めた。

「まったくなんてこった！」おじいちゃんは声を荒《あら》らげた。

二羽《わ》のカラスが熟《じゅく》したばかりの実がなっている黄桃《おうとう》の木の上で、輪を描《えが》いていたからだ。

おじいちゃんは小石をひとつひろうと、カラスにむかって力いっぱい投げつけた。小石は空高くとんでいったけれど、カラスたちは空のもっと高いところで笑っていた。

おじいちゃんは、もうおちついてはいなかった。

「カラスのやつらめ、わしの目が悪くなければ、おまえらを撃《う》ちおとしてやるところだ！」

おじいちゃんのどなり声に、カラスたちは逃《に》げるが勝ちと思ったのか、隣《となり》の学校の先生の庭へばたばたととんでいった。あそこなら、ピアノの音がとてもよくきこえるだろう。

「先生にはお似合いだ」おじいちゃんはクックッと笑った。「あいつは夜中にせきこんで、わしのい

びきとは不調和な……。そんなことより、おまえたち、銃《じゅう》の撃《う》ち方《かた》を知りたいか？」

「うん、そりゃもちろん」とパーシー。

「ぼくはもう帰らなくちゃ。残念だけど」クラッセはいった。

「そっか。お父さん、いつもどってくるの？」ぼくはきいた。

「土曜日」クラッセはそういうと、帰っていった。

おじいちゃん、パーシー、ぼくの三人はいっしょにクローゼットへ行って、おばあちゃんの冬用コートのうしろに隠《かく》してある射撃用《しゃげきよう》ライフル銃《じゅう》をとってきた。それは本当に本物の銃《じゅう》で、本物の弾《たま》をこめることができた。

おじいちゃんは銃《じゅう》をぼくにさしだすと、ジャガイモ畑へ歩いていき、空のペンキ缶《かん》を縁石《えんせき》にならべた。

「缶《かん》が的だ。的をねらえ」おじいちゃんはもどってくるといった。「缶《かん》をカラスとかリスとか、なにかの獲物《えもの》だと思え」

「リスは撃《う》てないよ」パーシーはいった。

「どうしてだ？　あいつらは、わしのイチゴ畑にみにくい足跡《あしあと》をつけるぞ。イチゴは全部食わんくせに、ひと粒《つぶ》ずつ、歯形をつけやがる。わしをからかっているのだ」

「ふざけているだけさ」パーシーはいった。

一瞬《いっしゅん》、おじいちゃんが怒《おこ》りだすかと思った。でも、鼻でフンと笑っただけだった。

「じゃあ、カラスだと思え」おじいちゃんはそういうと、どういうふうに装塡《そうてん》し、どういうふうにねらいをさだめて撃《う》つかをやってみせた。

でも、ぼくはもう知っていた。にいちゃんとぼくは、こっそり練習していたからだ。

おじいちゃんは最初の弾《たま》をこめると、「パーシーからだ」

パーシーはお客だからな」といって、銃《じゅう》をパーシーにわたした。

パーシーは一発で、赤いペンキ缶《かん》を撃《う》ちたおした。

「ビギナーズ・ラックだ」ぼくはいった。

パーシーとぼくは交替《こうたい》で銃《じゅう》を撃《う》った。

そのあいだ、おじいちゃんは、北米大陸の縦横《じゅうおう》に鉄道が敷《し》かれていった時代、バッファロー・ビ

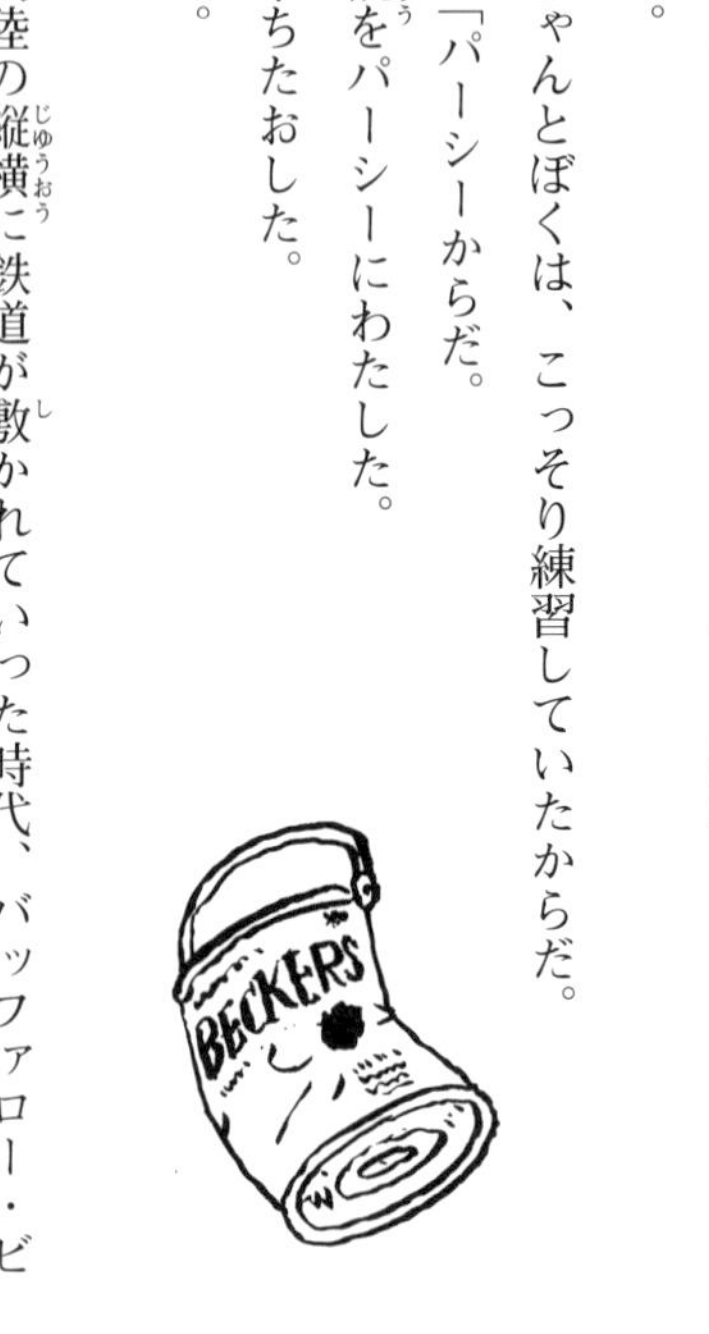

ルがいかにして記録的な数のバッファローをたおしたかを語った。そうしなければ、列車は四六時中、バッファローと衝突《しょうとつ》していただろうと。

「おれは、無実の獣《けもの》を撃《う》つやつをヒーローとは呼《よ》ばない」パーシーはぴしゃりというと、またひとつペンキ缶《かん》を撃《う》ちたおした。

「まったく、口のへらないやつめ」おじいちゃんはうなるようにいった。「とにかく、ビルは勇敢《ゆうかん》な男だった。だが、もうこの話はやめよう」

ぼくたちは空《あ》き缶《かん》に穴《あな》をあけつづけた。

しばらくすると、ママが煙《けむり》のあがるフライパンを持って庭へ出てきた。ぼくたちがなにをしているのか、見にきたんだ。

ぼくは、ちょうど肩《かた》の高さに銃《じゅう》をかまえて、ねらいをさだめているところだった。

ママはフライパンをおとした。ポークステーキが地面にころがった。

それでもママはかまわず、ぼくたちのところへ突進《とっしん》してきた。ママがこんなにいきおいよく走れるなんて、ぼくは思ってもみなかった。

「ウルフ！　すぐに銃《じゅう》をおろしなさい！」ママはさけんだ。

顔がまっ赤になっている。おじいちゃんがとびのくくらい、かんかんに怒《おこ》っている。

「オジサマ、どういうおつもりですか？」

「なにがじゃ？」おじいちゃんは帽子《ぼうし》をぬいだ。

「子どもたちに弾《たま》をこめた銃《じゅう》を持たせるなんて。オジサマは半分いかれているとは思っていましたけど、ここまでひどいとは思いませんでした！」

「まあ、おちつけ。エバさんや」おじいちゃんはママをなだめた。

「いいえ、おちつけません。あたしはオジサマとお義母様の食事を毎日、作ってるんです。オジサマの下着を洗《あら》い、シャツにアイロンもかけてます。なのに、オジサマのしていることはなんですか？　子どもたちの命を脅《おびや》かすようなまねをして。もう、うんざりです。あたしは子どもたちをつれて、ストックホルムへ帰ります。それが、この子たちのためです。主人は好きにすればいいわ。でも、あたしは子どもたちをつれて行きますから」ママはいっきにまくしたてると、ぼくとパーシーを家の中へつれていこうとした。

おじいちゃんはパーシーを目で追った。

「なあ、エバさん。せめて、その子だけはおいていってくれないか？　その子は朗読《ろうどく》がうまい。つまり、わしはパーシーが気に入ったんじゃ」

「いいえ、だめです。オジサマはどんな子にも適しません」

家の中へ入ると、ママはまっすぐに船尾客室《せんび》へ行き、大きなトランクに荷物をばさばさとつめはじめた。靴下《くつした》、セーター、毛糸、調理用の電動ミキサー、ワンピースをごちゃまぜにして。それから家じゅう走りまわっては、あちこちで自分たちが持ってきたものを見つけた。

最後に、ママは町用の帽子《ぼうし》をかぶり、サングラスをかけた。

パーシーとぼくはどうしたものかと、聖書《せいしょ》の前に立っていた。

「なあ、たのむよ。エバさん」おじいちゃんがすがるようにいった。

「いいえ、だめです」ママはトランクの上に腰《こし》をおろし、首を横にふった。

そこへパパがやってきた。パパはママの隣《となり》に腰《こし》をおろすと、クロスワードの雑誌《ざつし》をわきに置き、ママの肩《かた》に腕《うで》をまわした。

サングラスの下から涙《なみだ》がこぼれて、ママの頬《ほお》をつたった。

「なあ、おチビちゃん」パパがいった。

「あたしはチビではありません」

「いったいなにが起きたんだね？」

「あなたが一度でもいいから雑誌《ざつし》から顔をあげて、子どもたちがなにをしているか、見てくれたらよかったのよ！　そうすればポークステーキをおとす……、あっ、『おとしぶた』だわ」

「なにが？」

「煮《に》ても食べられないブタよ。五文字の。あなたがわからなかったクロスワードの答え！」

ぼくにはママがどんなに怒《おこ》っているか、パパがどんなに傷《きず》ついているか、よくわかった。

そのとき、ひづめの音がきこえてきた。

ぼくたちはすぐにベランダのドアを開けて、外へでた。

馬が猛《もう》スピードで庭をつっきり駆《か》けてくる。頭をふりふり、歯をむきだしにして、空にむかって口をバクバクさせている。

「スヴァルテンだわ。また逃《に》げだしてきたのね」ママは、それを望んでいたかのようにいった。「スヴァルテンが二度とつかまらないことを祈《いの》るわ」

「おれも」パーシーもいった。

「そんなことをいってはだめだ」パパがなだめた。

スヴァルテンはたてがみを旗のようにたなびかせ、まっすぐに家の方へむかってくると、ベランダの手前でうしろ足で立ちあがり、前足で宙《ちゅう》をうった。それから、隣《となり》の学校の敷地《しきち》へ走っていった。

馬のあとから、村の男たちが走ってきた。

「あっちへ行きましたよ」ママは反対の方角を指さした。

男たちがママの指さした方へ行ってしまうと、パパがたずねた。

「どうして、あんなでたらめ教えたんだ？」

「あなたには、ぜったいに理解できませんわ」ママはいった。「あの馬にだって、自由を享受《きょうじゅ》する権利《けんり》があるんじゃありませんか？　だれにだって、権利《けんり》はあるんです！」

「そうだ」おじいちゃんが口をはさんだ。「そのとおりだ。すまなかった」

するとママはなにかぶつぶついいながら、フライパンとポークステーキをひろいに行き、家の中へもどるとトランクの荷物をだしはじめた。

「いったい、なんだったんだ？　おまえたち、なにかしたのか？」パパがぼくたちにきいた。

「とくには、なにもしてないさ」パーシーはこたえた。

「いいかい、ウルフ。なにか起きたら、パパのところへ話しにくるんだよ。パパがどこにいるかはわかってるね？」

「うん」ぼくはこたえた。

「よろしい」パパはそういうと、ぼくの肩《かた》をぽんぽんとたたき、カバンからフランスの推理《すいり》小説をとりだした。

13 パーシーがダンスをし、一発なぐられ、さらにもう一発なぐられる

土曜日の夜はいつも、村のはずれのダンス場でダンスがあった。

ダンス場には明るいライトがともされ、たまにストックホルムから楽団がやってくるときもあった。そうでないときは、レコードがかかった。音楽はドームのような空に響《ひび》きわたり、遠くからでもよくきこえた。薄明《うすあか》るい夏の宵《よい》、おとなたちは蚊《か》やブヨにさされながらも、週に一度のダンスを楽しんだ。

でも、ぼくたち子どもたちは、ダンスなんかしなかった。

ぼくたちは見ているだけだった。ダンス場の裏側《うらがわ》の金網《かなあみ》のすきまからしのびこみ、芝生《しばふ》の上に立って、おとなたちのすることを観察するのだ。ときどきしげみに隠《かく》れてタバコを吸《す》ったり、売店にホットドッグやアイスココアを買いに行ったりするとき以外は、ただ見ることに徹《てつ》した。

たとえば、ぼくたちは「ほら、あそこ。あの男、手をつっこんでないか?」とささやきあい、いつか自分にもそんな日が訪《おとず》れるんだとドキドキして、体をふるわせたりした。

だれがだれにキスしているか、見られていないと思ってどのカップルが森の中へ消えたかも、ぼくたちは見逃《みのが》さなかった。だれがいちばん酔《よ》っぱらうか賭《か》けをしたり、なぐりあいのけんかが起きはしないかと期待に胸《むね》をふくらませたりした。みんなで、生のエンドウ豆をダンス場にばらまいて、こっぴどくしかられたこともあった。

でも、とにかく、ぼくたちは踊《おど》らなかった。それが暗黙《あんもく》の了解《りょうかい》だった。

楽団がじょうずなときは片足《かたあし》ですこしリズムをとることはあったし、何度か女の子同士がふざけて踊《おど》ったことはあったけれど、男の子と女の子が組むことはぜったいになかった。

観察しながら、おしゃべりをする。ぼくたちは、それでじゅうぶんだった。

今日は、つかまったばかりのスヴァルテンの話をした。逃《に》げだしてから、ちょうど二日目だった。スヴァルテンは森を駆《か》けまわっていたので、体じゅう枝のひっかき傷《きず》だらけだったそうだ。結局、大の男が五人がかりでつかまえ、そのうちの一人は腕《うで》をかまれ、一人は足をけられたらしい。おじいちゃんは馬小屋の修理をたのまれ、壁《かべ》の板をさらに分厚いものにとりかえに行った。

「殺すことになるらしいの」マリアがいった。「馬小屋の中に閉《と》じこめておけないのなら、島に住んでるあたしたちには危険《きけん》だし」

「なにも殺さなくてもいいのに」ピーアはいった。

「おとなたちがきめることとさ」レッフェは妹を肩車《かたぐるま》していた。

「とにかく、しばらくは馬小屋の中にしばりつけておくしかないね」ぼくはいった。するとみんなはだまりこんで、夏のさかりだというのに馬小屋のせまい仕切りの中にしばりつけられている、あわれな暴れ馬のことを考えた。

突然《とつぜん》、パーシーが口を開いた。

「外へ出してやればいいんだ」

「あたしもそう思う」ピーアがつづけた。

ぼくたちは、なにをいったらいいのかわからなくなった。

パーシーは蚊《か》を一匹《びき》たたいた。

レッフェは、さっきベンチで見つけた、まだすこし中身が残っている瓶《びん》入りビールをラッパ飲みした。マリアは流れている音楽にあわせて、ハミングしはじめた。

「それで、おまえたち、毎年ここでなにしてるの?」パーシーがきいた。「ただ立って見てるだけかよ?」

「うん」ぼくはこたえた。「ほら、あの男。酔《よ》っぱらうと、いつも怒《おこ》りだすんだよ」

「こうしていて、なにが楽しいっていうんだ? 踊《おど》らないのか?」

「きみはどうなの?」ぼくは、にやにやしながらたずねた。

「おれか? おれは踊《おど》るぞ」パーシーはそういったとたん、ぼくが止める前に走りだしていた。

そしてダンス場を囲っている柵《さく》のところへ行くと、つまらなさそうに立っていた三十歳《さい》ぐらいの女の人に声をかけた。

女の人は革《かわ》ジャンにミニスカートをはき、日はもうとっくに沈《しず》んでいたけれどサングラスをかけていた。パーシーにむかってうなずくと、チューインガムをペッとはきだし、いっしょにダンス場の中へ歩きだした。

「見ろ」ウッフェ・Eがいった。

「おう。あいつ、どうする気だ?」とベンケ。

「よく見てようよ」レッフェもいった。

ぼくたちは、パーシーがなにかふざけたことをしでかすだろうと賭《か》けた。たぶん、女の人に足をひっかけてころばせて、スカートがまくれあがってしまうとか。おもしろいことになってきた。

ぼくたちは柵《さく》によじのぼり、ダンス場の中がよく見えるように身をのりだした。

ところが、パーシーはごくふつうに踊《おど》っていた。片手《かたて》を女の人の背中《せなか》に、もう片方《かたほう》の腕《うで》をまっすぐにのばして、足を開いたり閉《と》じたり。まるで楽団の音楽にあわせて、平泳ぎをしているみたいだ。パーシーはおとなを相手に踊《おど》るのが、とてもじょうずだった。いつも家でお母さんと踊《おど》っているからだ。

「なんで、なんにも起きないんだ?」レッフェがつぶやいた。

そのとき音楽がおわり、パーシーが女の人にむかって丁寧《ていねい》におじぎをした。女の人は踊《おど》る前より、ずっとうれしそうな顔になっている。

「ちぇっ、なんなんだよ」ベンケが鼻をフンと鳴らした。

「ほんと。ただ踊《おど》っただけだ」ぼくもいった。

ぼくは、パーシーになにかばかなことをしでかしてほしかった。ピーアのピンクのバスタオルの一件を帳消しにしてほしかった。なににもましてそのことを、パーシーに考えてほしかった。

パーシーがもどってくると、みんなは口をつぐんだ。ピーア以外は。

「あたしも踊《おど》りたいわ」ピーアは、にっこりほほえんだ。そしてパーシーの手をとり、ダンス場のまん中へとひっぱっていった。

はじめのうち、パーシーはためらっているようだった。でも、ぼくにむかって肩《かた》をすぼめると、ピーアの腰《こし》に腕《うで》をまわし、ほかの人たちにまじってくるくると踊《おど》りだした。

ぼくは見ていたくなかった。でも、見ずにはいられなかった。

ピーアは片手《かたて》をパーシーの肩《かた》にのせ、パーシーの耳もとで笑っている。曲がスローテンポなものになると、さらにぴったりとパーシーに体をよせた。そして、それでもなお、声をたてて笑っている。

ぼくは涙《なみだ》がこみあげ、ほとんど前が見えなくなった。

そのとき、クラッセがやってきた。ぼくは気持ちをまぎらわそうとして、クラッセに話しかけた。

「ねえ、お父さん、なんていってた？　怒《おこ》ってた？」

「いいや、喜んでたよ」

「喜んでる？　どうして？」レッフェも興味を示した。「手作りの甲虫《こうちゅう》だって、専門家《せんもんか》にばれなかったの？」

「もちろん、ばれたさ。専門家《せんもんか》だもの。子どもにうまいことだまされましたなって、パパは笑いとばされたそうだ。あんまり笑われたので、パパは動物学への興味がまったくなくなってしまったらしい。植物学にもね。しかも、パパはぼくに感謝してるんだって。専門家《せんもんか》という人種がいかに気どった連中かわからせてくれたのは、ぼくだからさ。もう二度と甲虫《こうちゅう》を見せてくれるなって。花も蝶《ちょう》も見せるなって。約束しろって」

「約束したの？」ウッフェ・Eがきいた。

「もちろんだよ。おまけに、二十クローネもらった。ああ、うれしいな。もうこれからは、夏休みのはじめに、勉強に役立つことをしなくてすむんだ。きいてるのかよ、ウルフ？」

「う、うん」ぼくはこたえた。でも、本当はきいてなんかいなかった。

ぼくは、パーシーとピーアだけを見ていた。

なんなんだ、この拷問《ごうもん》にさらされているような感情は。くそっ！

クラッセは、ぼくの視線《しせん》の先を追った。

そしてピーアとパーシーが笑いながら幸せのメリーゴーランドみたいにくるくるまわっている姿《すがた》を目にとめると、吐《は》き気《け》をもよおしたような声でいった。

「なにやってるんだ、あの二人？　踊《おど》ってるのか？　行こう。しげみのむこうでタバコを吸《す》おう。おごってやるよ。きみにはタバコが必要だ」

クラッセは、ぼくの肩《かた》をぐいぐいおして歩きだした。

ぼくたちはしげみのかげでタバコを三本吸《す》い、五か所ほど蚊《か》にくわれたところで、みんなのもとへもどった。ちょうど音楽がおわったからだ。

パーシーが手をはなし、ピーアにおじぎをすると、二人もぼくたちのところへもどってきた。

パーシーは、ぼくに目配せした。

ピーアの頬《ほお》は紅潮《こうちょう》していた。

「楽しかったわ、とっても」ピーアは声をはずませた。

「ふうん。まっ、一回ぐらいはダンスもためしてみるものかもね。なあ、ウルフ。どう思う？」ベンケがいった。

「うるさい！」

「じゃあ、おまえはなにをしたいんだ？」パーシーはぼくにきいた。

「きみがきてくれたら、話す」ぼくはそういうと、パーシーをダンス場の裏手《うらて》へつれていった。

何人かのカップルが、べたべたと抱《だ》きあっていた。

「ウルフ、なんなんだよ？」

「これさ」ぼくはいきなり、パーシーのおなかをなぐりつけた。

ピーアの手がパーシーの肩《かた》にあったせいだ。ピーアの笑い声がパーシーの耳もとできこえたせいだ。

ぼくたちはとっくみあったけれど、すぐにパーシーがぼくの背中《せなか》に馬乗りになった。

「きみなんか、島へこなきゃよかったんだ！」ぼくはあえぎながらさけんだ。「〈血の兄弟〉になんかなるんじゃなかった！」

パーシーはじっと、ぼくを見おろしている。

「いったい、どうしたんだよ、おまえ」

「どうして、きみがピーアとダンスしなくちゃいけないんだ？」

「よくきけ」パーシーはそういうと、ぼくをはなした。「ダンスでは、女の子から踊《おど》ってとたのまれたら、ぜったいに断っちゃいけないんだ。それだけのことさ。みんなのところへもどろう」

パーシーとぼくは、みんなといた場所へもどった。

でも、そこにはクラッセとピーアしかいなかった。マリアはウッフェ・Eと、ベンケはビルギッタと踊《おど》っていた。レッフェは妹を腕《うで》に抱《だ》いて踊《おど》っていた。

ぼくたち四人は、蚊《か》を追いはらうために、クラッセのタバコの箱から一本ずつとりだして火をつけた。

ピーアはパーシーの方に煙《けむり》をはいた。

「もう一回、踊《おど》らない？」

「ごめん。ウルフになぐられたから、もう踊《おど》れない」パーシーはことわった。

「じゃあ、帰ろう」ぼくはいった。

家まで、島の街道を歩いた。

ダンス場からは、ぼくたちの気持ちにふさわしい、悲しいワルツが流れていた。トウヒの森はいつもよりずっと黒ずんで見え、小鳥の声はきこえず、空にはひとつも星が出ていなかった。

ぼくはポケットに両手をつっこんだ。もうこれ以上、ばかなことをしでかさないように。

「なぐったりして、ごめん」ぼくはパーシーに謝った。「〈血の兄弟〉はいやだなんていったけど、ちがうんだ……」

「わかってるさ」パーシーはいった。

「どうして、こんなふうになるのか、自分でもわからないよ。ピーアのことは忘《わす》れたいと思ってるのに……」

「忘《わす》れられないのか？」

「うん……。きみがくるのが、去年か来年ならよかった」

「今年でいいのさ。おれが経験した夏休みでいちばん楽しいもの。まだおわっちゃいないし」

「恋《こい》って、病気みたいなもんだね」ぼくはしみじみつぶやいた。

それから、ぼくたちは恋《こい》について語りあった。

恋《こい》は、人がぜったいにするはずのないことをさせる。心にもないことをいわせる。幸せで悲しい気分を同時に起こさせる。

「ピーアは、ぼくのことなんかどうでもいいんだ」ぼくはため息をついた。

「いずれ気が変わるかもしれないぜ」パーシーはいった。「おまえは、この世でいちばんいいやつ

なんだから」

「わかってる。でも、とにかく、ピーアを笑わせられるのはきみだ。ちくしょう！」そういったとたん、ぼくはまたパーシーをなぐりつけていた。今度は口の上を。

どうして、ポケットに入れていた手がとびだしてしまったんだろう。

パーシーは血をなめた。

「ごめん」ぼくはまた謝った。「なぐってくれていいよ」

「じゃあ、同意の上ということで」パーシーはぼくの鼻をなぐった。

ぼくたちはおしだまったまま、歩きつづけた。パーシーは唇《くちびる》をなめなめ、ぼくはハンカチで鼻をおさえながら。

家へ帰ると、おじいちゃんが灰色《はいいろ》のカウボーイハットをかぶり、両方の腰《こし》に手をあてて外に立っていた。暗い空と海を見わたしている。

木のこずえはざわざわとゆれ、カゲロウが数匹《ひき》、まるで今日がちゃんとおわるまではすべてを見《み》届《とど》けるぞとでもいうように、とびかっていた。

「おじいちゃんはそこに立って、自然を愛《め》でてるの？」ぼくは声をかけた。

「いいや、ちがう。もう一本、サクラの木を植えようかどうしようか、考えているのだ。あのいまいましい岩の横に」

そのとき、おじいちゃんはパーシーのはれた唇《くちびる》とぼくの鼻に気がついた。

「ふたりとも、どうした？　けんかしたのか？」

「ふざけてね」パーシーがこたえた。

「ふざけてじゃない。パーシーがひどいことをしたからだ」ぼくはいった。

よくない言い方だとはわかっていた。パーシーは地面に視線《しせん》をおとした。傷《きず》ついているみたいだ。ぼくも胸《むね》が痛《いた》んだ。それが、よけいぼくをいらつかせた。

「もう二度とパーシーとは口をきかない！」

「ばかいうな、ウルフ」おじいちゃんはいった。「本当の友だちというのは、ときにはけんかをし、なぐりあいもする。そういうものだ」

「そういうおじいちゃんがなぐっているのは、古い岩ばかりじゃないか。『バッファロー・ビル』を読んでほしいなら、このおじいちゃんの友だちに勝手にたのめば！」ぼくはくるりと背中《せなか》をむけて、歩きだした。おじいちゃんが怒《おこ》ると思ったからだ。

ところがふりむくと、おじいちゃんはにやにや笑っていた。

「よし、いいぞ。その短気な性格は、わしから受けついだんだな。だから、おまえのミドルネームはわしの名前、ゴットフリードなんだ。〈神の平穏《へいおん》〉という意味だ」

「おじいちゃんのせいだからね。にいちゃんのミドルネームはグスタフだ。ママのほうのおじいちゃんの名前だ。だから、ぼくにはゴットフリードしか残ってなかったんだ」ぼくはふたたび歩きだし、すきま風の入るぼくたちのほったて小屋へ行って横になった。

すこしすると、パーシーがやってきた。パーシーは歯をみがき、つばをはくと、パジャマがわりのトレーニングウェアに着替《きが》えた。

「明日はいかだを作らないか？　おまえが小さいときに作ったみたいな、ポリタンクと古い板で」

ぼくは、きこえないふりをした。

「そうすれば、不機嫌《ふきげん》なことも忘《わす》れられるぞ」

ぼくはだまって、爪《つめ》をいじっていた。

「返事はないのか？」

ぼくは顔を枕《まくら》にうずめた。

「じゃあ、いいよ。すこし静かにしていればいいさ。とにかく、おれはおまえと友だちをやめようなんて思ってないからな。おやすみ、ゴットフリード！」

ぼくはなにもいわず、空を見あげた。

パーシーは本当に、すぐに寝《ね》てしまった。

ぼくは横になったまま、水平線近くの黒い岩のようにもりあがっている雲をながめていた。

しばらくして、むっくりと起きあがった。はじめは、おしっこに行くつもりだったけれど、いつのまにか、ぼくは村へむかって歩きだしていた。

むかった先は、ピーアの家だった。庭のカエデの木によじのぼり、枝に腰《こし》をおろすと、ぼくはおじいちゃんの双眼鏡《そうがんきょう》でピーアの部屋の窓《まど》をのぞいた。

ベッドサイドにランプがともっている。ピーアは白地に青い花模様《はなもよう》のネグリジェを着てベッドに横になり、写真雑誌《ざつし》を読んでいた。ベッドサイドの引き出しの上には、プラスチックでできたポータブルプレーヤーが置いてある。ときどき、ピーアは髪《かみ》の毛《け》のカールをゆらす。なにか考えごとをしているようだ。

窓《まど》の細いすきまから、エルヴィス・プレスリーのあまい歌声がもれてきた。「アー　ユー　ロンサム　トゥナイト（今夜は、ひとりぼっちなの）？」と。

そうだ。ぼくはひとりぼっちだ。今夜ぐらい、孤独《こどく》を感じたことはない。ぼくといっしょにいてくれるのは、蚊《か》の大群だけだ。

ぼくは空にむかって祈《いの》った。

「神さま、ピーアが起きてきて、ぼくにほほえんでくれますように。ぼくを見てくれますように。部屋に招き入れてくれますように。キスしてくれますように。あたしが好きなのはあなたよ、といってくれますように。神さま、奇跡《きせき》を起こしてください。それとも、ぼくは欲《よく》ばりすぎでしょうか？」

神さまのこたえは……。

雨が降《ふ》ってきた。

エルヴィスがうたいおわると、ピーアはベッドから起きあがることなく、明かりを消した。

それでも、ぼくは一時間ほど枝にすわって、神さまが降《ふ》らせる雨にぬれていた。

ぼくは、ますます不機嫌《ふきげん》になっていった。

14 ぼくは望みのない通告を受け、愛の音楽をきく

つぎの朝、ぼくは体じゅう、蚊《か》にさされたあとをかきこわしていた。おまけに、すこし鼻風邪《はなかぜ》をひいていた。

午前中は、ジグソーパズルをしてすごした。色の濃淡《のうたん》はあるけれど、どれも青い、『空と海』という名前の二千ピースのジグソーパズルだ。

ぼくができたのは、四ピースだけだった。

パズルはママが暇《ひま》なときにやろうと思って、ストックホルムから持ってきたのだけれど、ママにはそんな暇《ひま》はなかった。

パーシーはパズルを見る気もしないようで、腹《はら》ばいになって水泳の練習をしていた。ダイニングルームから船尾客室《せんび》へ、船尾客室《せんび》から台所へ泳いでいき、昼食のしたくをしているママからアンチョビの切《き》れ端《はし》を口に入れてもらうと、アンチョビが大好物のアザラシのまねをしてみせた。

「パズル、もうおわる?」パーシーはぼくにきいた。

「ううん」

ぼくはジグソーパズルをやめたくなかった。このぐちゃぐちゃした感情を、青い絵の中におぼれさせてしまいたかった。ほかには、なにも考えたくなかった。

でも、そうかんたんにはいかなかった。

ぼくは、ふたつのウルフにわけられてしまったみたいだ。この世のだれよりもピーアに、もっともっと会いたいと思っているウルフと、もうぜったいにピーアには会いたくないと思っているウルフ。

「なに考えてるんだ？」家の中を泳いで五周してきたパーシーがいった。

「べつに」

「考えてるさ。ピーアのこと」

「うん、ほんとは考えてる。おじいちゃんみたいにやってみるべきか、ということをね」

「どういうことさ？」

「しつこくする。おばあちゃんはいってた。おじいちゃんがあまりに頑固《がんこ》だから結婚《けっこん》したのよって。

それもありかなと思って」

「それはないな。あとどれくらい、おまえは島にいるんだ？」

「数週間かな」

「じゃあ、しつこくしてもまにあわない。その作戦は何年もかかる」

「じゃあ、どうすればいいの？」

「おれがピーアに話をつける。あの子はばかじゃない。それに、おれの話なら耳をかすだろ。そう思わないか？」

「そうだね。でも、なにを話すの？」

「まかしとけって。おれの脳《のう》にはウラン鉱が入ってる！」パーシーはそういうと、ぼくを見て、にやりとほほえんだ。ぼくも笑いかえさなければならないくらいの、自信満々のほほえみだった。

「いかだを作りに行かない？」ぼくはきいた。

「いや、泳ぎに行こう。これだけ部屋で練習したんだから」

でもまず、ぼくたちはお昼を食べた。そして、一時間ほど待つことになった。食べてすぐ泳いだりしたら、こむらがえりが起きて死んでしまう、とパパがいったからだ。

そこで、ぼくたちは小屋へ行き、壁《かべ》の最後の一枚《まい》をとりつけた。

すこしはなれたところから見ると、小屋は本当によくできていた。

「いままでに作った小屋のなかで、いちばんかっこいいよ」ぼくはいった。

「ああ。さてと、そろそろ泳ぎに行くか。あとからきたやつは、水をこわがる臆病者《おくびょうもの》だ。それっ！」

パーシーはそういったとたん、走りだした。

臆病者《おくびょうもの》は、ぼくだった。ぼくは、入江《いりえ》の桟橋《さんばし》までの石だらけの坂道を全速力で駆《か》けおりる勇気がなかった。前に一度、前のめりにころんで、胸《むね》をすりむいてしまったことがあったからだ。

ぼくが桟橋《さんばし》から海にとびこんだときにはもう、パーシーはおなかにコルク腹《はら》まきをまいて、海底の泥《どろ》に足を着けて立っていた。

ぼくが水面に顔をだすと、パーシーは「見ててくれ」といって足を浮《う》かし、三かきほど泳いでみせた。カンペキだった。

「どうだ？」パーシーは得意そうにいうと、水をペッとはいた。

「じょうずだよ、信じられないくらい」

「よし、じゃあ、お礼にマーブルケーキをごちそうしよう。おまえのおかけで泳げるようになったんだから」

「マーブルケーキ、どこで手に入れるつもり？」

「卵《たまご》とバターと小麦粉とココアを買って、おれが作る。最高にうまいぜ。ここにくるとき土産《みやげ》に持ってきたやつ、どうだった？」

「おいしかったよ。でも、あれはお母さんが作ったんでしょ？」

「そういうふうにいうもんさ。さてと、こいつをはずしてみよう」パーシーはコルク腹《はら》まきを桟橋《さんばし》に投げあげると、また泳ぐ練習をはじめた。体は、かなり水に沈《しず》んでいたけれど。

すこしして、クラッセがやってきた。クラッセは桟橋《さんばし》に腰《こし》をおろすと、つま先で水をかきまわした。

「おまえもパンツをぬげよ。泳ぐのって、本当に気持ちいいぜ」パーシーは声をかけた。

「ひと泳ぎしたら、雑貨屋へ買い物に行くよ。パーシーがマーブルケーキを焼いてくれるんだ」ぼくもいった。

「焼けたら小屋で食べよう。もうほとんど小屋は完成だ。さあ、とびこめ！」パーシーはクラッセをうながした。

けれども、クラッセは首を横にふった。気持ちが沈《しず》んでいるようだった。

「だめなんだ。パパがきめたんだ。うちの船で一週間、旅に出るんだ。自然に身をまかせる旅に。ぼくが科学の限界を暴露《ばくろ》したことを祝うために。生きのびるということを学ぶために」

「生きのびるってなにから？」ぼくはききかえした。

「マムシとか針葉樹《しんようじゅ》とかからさ。もう行かなくちゃ。パパが船で待ってるんだ。じゃあな」

「うん、じゃあね。きみが生きのびることを祈《いの》ってるよ」ぼくはいった。

「マーブルケーキをすこしとっておいてやるよ」パーシーもいった。

それからすぐに、ぼくたちは水からあがり、家へ帰った。

パーシーは、カバンの靴下《くつした》の中に入れてあった袋《ふくろ》からお金をとりだした。

ぼくたちが買い物に出かけようとすると、パパが本から顔をあげた。

「どこへ行くんだい？」

「雑貨屋だよ。なんで？」

「いや、べつに。ただ、おまえたちがなにをするのか知りたかっただけだ。雑貨屋へ行くなら、パパに新しい『クロス・ワード』を買ってきてくれないか？」パパはぼくにお使いをたのむと、「おつりはとっておいていいよ」といって十クローネくれた。


パーシーは、マーブルケーキを焼くのに必要なものを買いこんだ。そのほかに、ぼくたちの小屋にぴったりの、まっ赤なふさふさのマットも。

ぼくは、パパにたのまれた雑誌《ざっし》と、チーズをひと袋《ふくろ》分と、とてもおいしいバナナのアイスクリームをふたつ買った。

「うめえ」パーシーはアイスクリームをなめるといった。「もうすぐ、おれ二十メートル泳げるようになるな」

「うん、おいしいね」

歩きながら、ぼくたちはアイスクリームをたいらげた。

しげみの中で鳥がさえずっている。むこうからスクーターが走ってきた。すれちがいざまに紙《かみ》袋《ぶくろ》に空気をふきこんでパンとつぶすと、スクーターは道路わきの溝《みぞ》につっこみそうになった。

楽しい時間だった。ぼくは、自分がどんなに不幸せだったかを忘《わす》れていた。

ところがダンス場にさしかかったとき、ピーアが現れた。

髪《かみ》をなびかせ、自転車にのってやってきたピーアは、ぼくたちのすぐそばでブレーキをかけるといった。

「こんにちは。昨日は楽しかったわ」

「まあまあね」ぼくはこたえた。

「明日は映画《えいが》があるのよ」ピーアはパーシーに話しかけた。「いっしょに行かない？　ウルフもきていいわよ。恋愛映画《れんあいえいが》なの。裸《はだか》が映《うつ》るわ。子どもは見ちゃいけない映画《えいが》だから」

夏のあいだ、毎週月曜日の夜は、ダンス場で映画《えいが》が上映《じょうえい》されるのだった。楽団がいつも陣取《じんど》る場所に、スクリーンがわりの白い布がかけられる。近所の家の窓《まど》は、中の光がもれないように紙でおおわれる。

なによりもぼくたちに都合がいいのは、係員が入場者の年齢《ねんれい》を気にしないことだった。

ぼくは、ダンス場の柵《さく》にはってあるポスターに目をやった。『春の悶《もだ》え』とある。気色の悪いタイトルだ。ポスターの絵はもっと悪い。若《わか》い女の人がほほえみながら、うっとりとした目で若者《わかもの》を見つめている。

「映画《えいが》は見てもいいけど」パーシーはいった。「先に話しておきたいことがある」

「なにかしら?」ピーアはききかえすと、声をたてて笑った。

「笑うようなことじゃない。恋《こい》の話なんだから」とパーシー。

「いわなくていいよ」ぼくは止めに入った。なにか悪い結果が出そうな予感がした。

「いってよ。あたしも同じように感じていると思うから。ねえ、パーシー?」ピーアは話をききましょうという顔つきになって、ポスターの女性そっくりのほほえみを浮《う》かべた。

「ウルフはきみに恋《こい》してる」パーシーはいった。「四六時中、きみのことを考えてる。ウルフとつきあってくれないか?」

するとピーアはパーシーを見て、それからぼくを見た。

「どうして、あたしがウルフとつきあわなくちゃならないの?」

「こんないいやつは、ほかにいないからさ」パーシーはこたえた。「おれのいうことを信じてくれ。この三年間、ウルフはおれのいちばんの友だちだった。はじめのうち、おれはウルフをどちらかというと鈍《にぶ》くて、のろまで、とくにつきあいたくはない、ただのデブチンだと思っていた。でも、こいつのことを知れば知るほど、この世の中でいちばんいいやつに思えてきたんだ」

「そんなこと関係ないわ。あたしは、恋《こい》してないもん。ウルフには」

「でも、とにかく、つきあってみろよ。必ずウルフのことが好きになる。おれのいうことを信じろ」

ピーアはあらためて、ぼくをじろりと見た。頭のてっぺんから、つま先まで。それから首を大きく横にふった。

「やっぱり、ウルフじゃだめだわ。わかるでしょ？　不可能よ」

「不可能って？」ぼくはきいた。「不可能って、どういう意味？」

「まったく可能性がないってこと。サハラ砂漠《さばく》の砂《すな》の数をかぞえられないのと同じくらい。バルト海の水を飲《の》み干《ほ》せないのと同じくらい。スヴァルテンにのれないのと同じくらい」

「スヴァルテンか」ぼくはため息をついた。その名前をきいて、ぼくはどのくらい不可能かをようやく理解した。

ピーアは自転車にまたがると、パーシーに視線《しせん》をむけた。そして、「どうして、あたしとつきあいたいのが、あなたじゃないの？」といい残し、さっと走りだした。

ぼくはパーシーの買い物袋《ぶくろ》から卵《たまご》をひとつとりだすと、ポスターの女優《じょゆう》めがけて力いっぱい投げつけた。

「ばかやろう！　恋《こい》なんて、くそくらえ！」ぼくはさけんだ。

「あきらめるな」パーシーはぼくの肩《かた》に腕《うで》をまわした。

そんなことといったって、ぼくはなにに希望を持てというんだ？

家へ帰ると、おじいちゃんが庭で、外でひげをそるときに使う洗面台《せんめんだい》を直していた。はがれた小石をセメントで埋《う》めこんでいるのだ。

ぼくはまっすぐイチゴ畑の中にある大きな黒い岩のところへ行き、おじいちゃんが悲しいときそうするように、冷たい岩の表面におでこをもたせかけた。そうすれば、きっと絶望から救われるような気がした。

でも、なんの役にもたたなかった。というより、もっと気持ちが沈《しず》んでしまった。ぼくの中に、岩が長い年月かけてたくわえてきた悲しみがしみこんでしまったみたいだった。

おじいちゃんがやってきた。おじいちゃんはぼくのえりあしをつかまえ、岩からひきはがすといった。

「こんなところに立ってちゃいかん。どうしたね？　ウルフ・ゴットフリード」

「なんでもない」ぼくはこたえた。

おじいちゃんは、ぼくの目をのぞきこんだ。悲しみをたたえた湖のように、涙《なみだ》がたまっている目の奥《おく》を。

「なにか悲しいことがあったんだね」おじいちゃんは、ぼくがきいたことのないやさしい声でいった。

「ほっといてよ」

「実らぬ恋《こい》に苦しんでいるんだ」パーシーがいった。

「それはいかん。いつからだ？」

「一週間以上前から」ぼくはこたえた。

「かわいそうに」おじいちゃんはつぶやくと、おばあちゃんと自分のことを話しだした。

「初めて出会ったとき、エリカは若《わか》い娘《むすめ》だった。エリカは生まれたときからこの島に住んでいて、たまたまある日、船でストックホルムへやってきた。まるで太陽にブラシをかけてもらったみたいなきれいな髪《かみ》をしてね。わしは、ひと目で恋《こい》におちた。こんなふうに」

おじいちゃんはそこで、両手をパンとたたいてみせた。

「わしは気持ちを抑《おさ》えることができなかった。あいつを忘《わす》れることができなかった。忘《わす》れさせてほしい、と神には何度も祈《いの》ったがね。なぜなら、エリカはわしが想っているのと同じようには、わしのことをけっして好きになってくれなかったからだ。そんな状態で生きているのは、つらいものだ。あのいまいましい岩を見ると、わしはつらくてたまらなくなる。いつか、あれを持ちあげて、この世の果てに投げすててしまおうと思う」

「あの岩は、そうカンタンには持ちあげられないぜ」パーシーはいった。「小さくて、太っていて、年よりのおじいさんには、まず無理だ」

するとおじいちゃんはほんのすこしだけえみを浮《う》かべた。

「たぶん、おまえさんのいうとおりだよ」

ぼくは頭を、おじいちゃんのおなかにもたせかけた。チクタクと時が刻《きざ》まれる音がする。チョッキのポケットに入っている金の懐中時計《かいちゅうどけい》の音だ。

悲しいときは一分でさえ、なんて長く感じるんだろう、とぼくは思った。なのに、おじいちゃんは若《わか》いころからずっと、人生のほとんどを片思《かたおも》いのまま生きてきたなんて！

「おじいちゃん、ぼくはどうすればいい？」ぼくがたずねると、おじいちゃんはいった。

「中へ入って、牛乳《ぎゅうにゅう》をついでこい。もうすこし暗くなったら、いっしょに出かけよう」

ぼくたちは玄関《げんかん》の外の階段《かいだん》にすわり、コップについできた牛乳《ぎゅうにゅう》を飲みながら、青から紫色《むらさきいろ》にゆっくりと変わっていく空をながめた。ぼくたちの影《かげ》はだんだんと暗く、細長くなっていった。日暮《ひぐ》れとともに、花壇《かだん》では蝶《ちょう》たちが羽をたたんだ。

「大工小屋へ行くぞ」おじいちゃんがいった。

「なにするの？」

「見ればわかる」

ぼくたちは、大工小屋から金てこをとりだした。そして金てこを持って、ヒースのしげみをぬけ、海にむかっていちばん急な斜面《しゃめん》がはじまる場所へ行った。

景色《けしき》のいい場所だった。水平線がはっきりと見わたせる。あたりをぐるりと照らす灯台も見える。

ときどき窓辺《まどべ》の椅子《いす》にいないとき、おばあちゃんはここへきて、タバコを吸《す》いながら遠くをながめている。

「もうすこし待とう」おじいちゃんはいった。

ぼくたちは岩のあいだに腰《こし》をおろして海をながめ、夕暮《ゆうぐ》れの音に耳をすました。

タンカーが一隻《せき》、明かりをともして通りすぎた。タンカーが見えなくなったとき、空はじゅうぶんに暗くなった。

「さあ、いまだ」おじいちゃんは立ちあがった。

「なにが?」ぼくはきいたけれど、おじいちゃんはこたえなかった。

おじいちゃんは金てこをにぎると、そばにあったいちばん大きな岩の下にさしこんだ。

「さあ、いっしょに!」

ぼくたちも、金てこにありったけの力をこめた。地面がメリメリと音をたてた。

岩がすこしずつ浮《う》きあがり、のろのろと斜面《しゃめん》の方へ動きはじめた。そして一瞬《いっしゅん》、ためらうように岩の動きが止まったとき、おじいちゃんが声をかけた。

「それ!」

ぼくには、おじいちゃんの息があがっているのがわかった。ぼく自身、目の中に赤い炎《ほのお》が見えたと思うくらい、最後の力をしぼりだした。

突然《とつぜん》、岩は斜面《しゃめん》をころがりだした。はじめはゆっくりと、それからしだいにスピードをあげて。とちゅう、コケや土をこすりはがし、しげみや草をおしつぶしながら。花火のように火花をちらし、雷《かみなり》のようなものすごい音を響《ひび》かせて。

おじいちゃんは、ぼくの肩《かた》に手をおいた。

「どうだ？　これが『恋《こい》の音楽』だ」

「う、うん」ぼくは返事をしたけれど、さっぱりわからなかった。

しまいに、岩はざぶんといきおいよく海におちた。海面に波がひろがり、そして静かになった。

「これでよし。さあ、帰ろう。どうだ、ウルフ。すこしは気が晴れたかい？」

「う、うん。たぶん、すこし……」ぼくはこたえたけれど、やっぱりよくわからなかった。

「よろしい」おじいちゃんはいった。

ぼくたちは金てこを大工小屋にもどすと、家の中へ入った。

おばあちゃんはいつものように窓辺《まどべ》にすわって海をながめていたけれど、ハンカチで鼻かむと、おじいちゃんにたずねた。

「あんなことして、なにか役にたつんですか？」

おじいちゃんはなにもこたえず、そのまま自分の部屋にひっこみ、ぼくたちにいった。

「おやすみ」

「おやすみなさい」ぼくたちもいった。

それから、ぼくはひとりで小屋へ行った。

あとから行くといったパーシーは、一時間ぐらいしてから、焼きたてのマーブルケーキと、ココアを入れたポットを持ってやってきた。

ぼくたちは、消防車みたいにまっ赤なマットの上に腰《こし》をおろしてココアを飲み、ケーキを食べた。

やがて、神さまが夜空の星に無数の光をともしはじめると、ぼくたちはなにもいわずに横になった。

目を閉《と》じると、ぼくの耳にはまだ『恋《こい》の音楽』の轟音《ごうおん》が響《ひび》きわたっていた。火花がちるのも、はっきりと見えた。

長い一日だった。

ねむりかけたとき、パーシーが起きあがり、ぼくの腕《うで》をゆすった。

「ピーアのこと、まだ考えてるのか？」

「うん」

「やっぱりな。でも寝《ね》ろよ。ぐっすりと」パーシーはいった。

けれども、ぼくは目がさえてしまい、そのあと何度も寝返《ねがえ》りをうった。ようやくねむれたのは、月が白くなりかけたころだった。

15 ぼくはおちこみ、パーシーは上機嫌《じょうきげん》になる

つぎの朝、ぼくが目をさましたとき、パーシーは隣《となり》にいなかった。いつもなら、枕《まくら》をおなかにのせて、両手を頭の下に組んで寝《ね》ているのに。でも今朝《けさ》は、マットに体の沈《しず》んだあとがついているだけだった。

ぼくは、パーシーがおしっこをしに行っただけかと思って、すこし待ってみた。それから起きあがった。

こずえのあいだから、朝日がきらきらとふりそそいでいる。まだかなり早い時間だ。クモの巣にたまった朝露《あさつゆ》がママのダイヤモンドの指輪みたいに光り、太陽に暖《あたた》められたコケからは水蒸気《すいじょうき》があがっていた。

ぼくは林の中をさがしたけれど、パーシーはいなかった。薪《たきぎ》小屋にも、海岸にも、大工小屋にも。家へ行ってみると、おばあちゃん以外はまだみんな寝《ね》ていた。

おばあちゃんはいつもの椅子《いす》にすわって、海にかかる朝もやをながめながら、朝一番のタバコを

吸《す》っていた。すこしだけ開けた窓《まど》のすきまから、煙《けむり》を外へむけてはきだす。ガウンをはおり、髪《かみ》は結ばず肩《かた》にたらしていた。

「おばあちゃん、おはよう」ぼくは声をかけた。

「まあ、ずいぶんと早いこと」

「うん。目がさめて、ねむれなくなっちゃった」

「この時間がわたしのいちばんいい時間なのよ」おばあちゃんは朝もやを見つめたまま、いった。

「日常がはじまる前の時間。コーヒーでも飲む？」

「うん」

「じゃあ、わたしがタバコを吸《す》ってしまうあいだ、台所で豆をひいていてちょうだい」

いつもは、ぼくはコーヒーを飲んではいけないことになっている。コーヒーのカフェインは子どもには毒だ、とパパがいうからだ。

でも、おばあちゃんは気にしない。それに、砂糖《さとう》とクリームをたくさん入れればコーヒーはおいしいものだ、とぼくも思っていた。

でも、ぼくがいちばん好きなのは、コーヒーミルでこげ茶色の豆をひくときの香《かお》りだった。小さな木のノブがついたハンドルをまわすときの、ギコギコという音もぼくは好きだった。

「豆がひけたら、お湯をわかして煮出《にだ》すのよ」おばあちゃんが台所にきて、いった。

おばあちゃんとぼくは、そのとおりにした。

それからベランダに出て、いっしょにコーヒーを飲んだ。ぼくはチーズのオープンサンドも食べた。チーズが大好きだからだ。

「この時間は、本当にほっとするわ」おばあちゃんはいった。「空気がいちばん澄《す》んでる時間でしょ。自然がいちばんきれいな時間だもの。ところで、お友だちはどうしたの？」

「知らない。どこにもいないんだ」

「きっと散歩に行ったのね。あの子、おじいちゃんみたいだもの。じっと静かにすわっていられないのよ。でも、きっとすぐにもどってくるわ」

「うん、そうだね」

そのあとは、ぼくたちはあまりしゃべらなかった。おばあちゃんは、静かにしているのが好きだからだ。

リスが二匹《ひき》、おじいちゃんが起きてこないのをいいことに、松の木の枝で追いかけっこをしている。カラスも一羽《わ》、桜の木にとまって、サクランボの実をつついている。ブルーベリーをついばんだカモメは、おじいちゃんがペンキをぬりかえたばかりのベンチに、紫色《むらさきいろ》のしみをつけた。

おばあちゃんと静かにすわっているのは、いい気分だった。

でも同時に、ぼくは考えないわけにはいかなかった。おじいちゃんはこうしておばあちゃんの隣《となり》にすわるために、どれだけの努力をしてきたんだろう。おばあちゃんが目尻《めじり》にしわを寄せてほほえむ顔を見るために、おばあちゃんが鳥や小さな獣《けもの》たちのいたずらを見て笑う声をきくために、おじいちゃんはどれくらいがんばったんだろう。

人生は公平ではない、とぼくは思った。

「おばあちゃん、人生って公平じゃないね」ぼくはつぶやいた。

「そうね、たぶん。でも、それにもきっとなにか意味があるのよ」

おばあちゃんとぼくは、まただまりこんだ。

しばらくすると隣《となり》の学校から、先生がせきをして、痰《たん》をはきだす音がきこえてきた。

それから、先生はピアノを弾《ひ》きはじめた。葬式用《そうしきよう》の新しい賛美歌を練習している。とても大きな音だ。だから死ぬ前になにかしておきたいと思う命あるものは、みんな目をさました。

メンドリはコッコッと鳴きはじめ、ナメクジはスピードをあげて動きだし、パパは寝巻《ねま》き用のシャツのまま起きてきて、あくびをしながら、おしっこをしに行った。そして用をたすと、ベランダにすわっているぼくに、「朝の体操《たいそう》をいっしょにしないか?」ときいた。

「しない。ぼくは小屋へもどって、パーシーが帰ってきたか見てくる」

「そうか。まあ、好きなようにしなさい」パパはいった。

ぼくが通りかかると、パパは薪《たきぎ》小屋の前の芝生《しばふ》に立って、腰《こし》のまげのばしをやっていた。それからとんだり、しゃがんだりをくりかえした。シャツの袖《そで》がひらひらとゆれる。

いまここにパーシーがいたら、ぼくはパパを「とぶのが苦手な天使」にたとえただろう。パーシーはぼくの比喩《ひゆ》をきいて、にやりと笑っただろう。でも、パーシーはいない。

それから一時間ほどたった。

ママは庭のパラソルの下のテーブルに、朝食のしたくをととのえた。バター、ニシンの酢漬《すづ》け、ミートボール、半分に切ったゆで卵《たまご》、ビーツのサラダ、パンを二種類、チーズ、ヨーグルト、コーヒー、ミルク。

そのとき、パーシーがようやく姿《すがた》を現した。ズボンのお尻《しり》がやぶけている。片方《かたほう》の膝《ひざ》には、なましいすり傷《きず》。なのに、パーシーはとても機嫌《きげん》がよかった。

「くそっ、腹《はら》がへったぜ！」

「どこ行ってたの？」ぼくがきくと、パーシーは「秘密《ひみつ》さ」とこたえて、にやりと笑った。

「だれかに会ってたの？」

「ま、そういうこと。ああ、うまそうだな」

「だれと？」ぼくはしつこくたずねた。

「いいたくない」パーシーは椅子《いす》に腰《こし》をおろし、パンにバターを分厚くぬりはじめた。

「わからないのかよ？」にいちゃんが口をはさんだ。「こいつ、村へ行って、ピーアの唇《くちびる》にキスしてきたんだ」

「ふん、ぼくには関係ないよ。ごちそうさま！」

「ウルフ、ソーセージとビーツのサラダをのせて、もう一枚《まい》パンを食べないのかい？　ちゃんと食べないとだめだよ」パパがいった。

「いらない。ぼくは飢《う》えて死ぬんだ」ぼくはそういいすてると、椅子《いす》から立ちあがった。本当は、チーズとキュウリをのせてもう一枚《まい》、堅《かた》パンを食べたかったけれど。

ぼくは船尾客室《せんび》へ行った。ドアを閉《し》めて、おでこを床《ゆか》にあてた。陸にいるというのに、船酔《ふなよ》いしている感じがしてならなかった。

すこしして、パーシーがやってきた。

「兄貴《あにき》のいうことなんか、気にするな。からかってるだけさ。それより、メリーゴーラウンドを作らないか？　大工小屋でボールベアリングを見つけた。小さな子どもたちから金をとれば、いいもうけになるぞ」

「う、ううん。きみがそうしたいなら、そうしなよ。ぼくはひとりで出かけてくる」ぼくはいった。

それから毎朝、同じことがくりかえされた。

ぼくが目をさますと、パーシーは消えている。そして朝食のときになると、にやにやしながら上《じょう》機嫌《きげん》で、新しい傷《きず》を作ってもどってくる。頬《ほお》をすりむいている日もあれば、足をひきずっている日もある。片方《かたほう》の肩《かた》にかまれた傷《きず》がある日もあった。

今朝《けさ》は、おなかをすりむいて帰ってきた。どうして、おなかにすり傷《きず》ができるんだろう。パパも不思議がった。パパは読書用眼鏡《めがね》をかけてパーシーの傷《きず》を調べると、薬箱からヨードチンキをとってきた。

「パーシー、いったいなにをしたんだい?」パパがたずねた。

「秘密《ひみつ》さ」

「白状しろとはいわないが、とにかく気をつけなさいよ。この薬はしみるよ」

「平気さ」

ぼくは、パパがヨードチンキを脱脂綿《だっしめん》にしみこませ、パーシーのおなかにぬるのを見ていた。おなかは全体が黄色っぽい茶色になった。

パーシーは奥歯《おくば》をぎゅっとかみ、顔をしかめた。

ぼくは、自分の右の眉毛《まゆげ》の傷《きず》を思いだした。イラクサの痛《いた》みを、恋《こい》がぼくにあたえたすべての痛《いた》みを思いだした。

パパがヨードチンキを持って、行ってしまうと、ぼくはパーシーにいった。

「いい気味だ」

「どういうこと?」

「とぼけないでよ。毎朝、きみがいなくなる理由はわかってる。

旅行カバンに荷物をつめて、つぎの船で帰ってくれてもいいよ」

「本当にそう思うのか?」

「うん」

「ウルフ、おれは帰らないよ。もうしばらくはここにいる。

これが見えるだろ?」パーシーは左手の親指をぼくにつきだした。「見えるか?」

「うん」

それは、〈血の兄弟〉の儀式《ぎしき》をしたときのナイフの傷跡《きずあと》だった。

「おれたちは〈血の兄弟〉だ。〈血の兄弟〉は、おたがいを見すてたりしない。だけど、おまえがすこしのあいだ、一人でいたいなら、そうしてくれてていいぜ」

ぼくにはかえす言葉が見つからなかった。

「じゃあ、行くよ」ぼくは名誉《めいよ》ある自分の親指をパーシーの親指にあてると、歩きだした。

ラブレターを書こうと思った。パパが若《わか》いころ、ママに書いたみたいに。パパの作戦は成功した。

ぼくはペンとノートを持って、ひとりきりになるために出かけていった。

ぼくはまわり道をして、おばあちゃんが生まれた家の横を通る道をえらんだ。考える時間をかせぎたかったからだ。

港のそばの原っぱには、夏至祭《げし》のポールがまだ立っていた。飾《かざ》りの花は、とっくにしおれていたけれど。

毎年、夏至祭《げし》の日にはポールのまわりで、ちょっとした運動会が開かれた。袋《ふくろ》に両足をつっこんでとびながら走ったり、口にくわえたスプーンにジャガイモをのせて走ったり。一位になった人は賞品がもらえた。たいていは、雑貨屋さんがだすお菓子《かし》だった。

いま、原っぱにはレッフェと妹がいた。妹は口にスプーンをくわえて歩きまわっている。でも、しょっちゅうころんだ。まだまともに歩けないんだ。

「やあ、ウルフ」レッフェが声をかけてきた。「来年にそなえて、妹を特訓しているんだ。この子には才能があるよ。賞品のチョコレートクッキーにありつけるぞ。おれが半分いただく。おまえもいっしょに、この子を仕込《しこ》まない？」

「ううん。ひとりで考えごとをしたいんだ」ぼくはそういって、原っぱを通りすぎた。

おばあちゃんが生まれた家は、トタン屋根の小さな赤い家だった。部屋がひとつと台所しかないこの家に、おばあちゃんは両親と五人の女のきょうだいと暮《く》らしていた。

ぼくはあらためて家を見て、おばあちゃんがこんな小さな家で育ったなんて信じられない、と思った。おばあちゃんは、とても優雅《ゆうが》で気品があるからだ。

ぼくはまた歩きだした。

すこし行くと、ベンケとウッフェ・Eが庭でサッカーをしていた。ボールを地面におとさずに何回パスがつづくか、ためしている。

ベンケがぼくに気がついた。

「ウルフもいっしょにやらない？」

「ううん。ひとりで考えごとをしたいんだ」

「そうか。じゃあ、またな」ウッフェ・Eがいった。

それから、ぼくはのろし台まで歩いていった。考えごとをするのなら、見晴らしのいい山の頂《いただき》にある、のろし台がいちばんいいと思ったんだ。

のろし台は、インディアンのテントに似ている。丸太がたがいに支えあうようにたてかけてあって、その上に火をつけて燃やす木の樽《たる》がのせてある。バルト海にあやしい戦艦《せんかん》がやってきたら、煙《けむり》をたいて知らせるんだ。

でも、いま海を行きかっているのは、レジャー用のボートだけだ。

ぼくはのろし台のそばに腰《こし》をおろし、ノートとペンをとりだした。でも、なにを書こう？　とにかく、ぼくはこんなふうに書きはじめた。

愛するピーア！

きみのこと以外、ぼくは考えられません。とてもつらいです。お願いです。どうか考えなおして、ぼくとつきあってください。何年かすれば、慣れるでしょう。

永遠の永遠にきみを愛するウルフより

ぼくはうれしくもないのに、声をたてて笑ってしまった。そしてすぐにページをちぎり、びりびりにやぶいて風にとばした。紙吹雪《かみふぶき》は郵便局《ゆうびんきょく》の方へ、雑貨屋の方へ、パン屋さんの方へ、教会の墓地の方へ流れていった。

ぼくの絶望は、島じゅうに雪のように舞《ま》いおちる。

それから、ぼくはピーアが雑貨屋へ買い物をしに自転車でやってくるのを待った。ピーアを見ると、胸《むね》がズキズキした。

ピーアの姿《すがた》が視界《しかい》から消えたところで、ぼくは家へむかって歩きだした。

家のそばまでくると、学校の先生がまたピアノを弾《ひ》いていた。指の動きがなめらかになっていた。

おまけに、開いた窓《まど》から歌声がきこえた。

「あなたの窓《まど》を開けて……、太陽をすこし入れて……」

ぼくはちぎったノートの切《き》れ端《はし》に「あなたの窓《まど》は閉《し》めて」と書いて、窓《まど》に投げ入れた。

それから、パーシーをさがした。

パーシーは大工小屋にいた。作業台に前かがみになって、靴用《くつよう》の太い糸で革《かわ》ひもの端《はし》にフックをぬいつけていた。

ぼくが入っていくと、パーシーはぬいかけのものを置き、ぼくにきいた。

「気分はよくなったか？」

「ううん。それ、なに？」

「ぜったいに秘密《ひみつ》」

「ピーアに関係してること？」

「まあ、そういうことかな。でも、ピーアのことを話すのはやめよう」

「う、うん。とにかく、きみが帰らないでここにいてくれて、うれしいよ」

「ああ。明日はもっとよくなるぜ」

「どうかな。明日はもっと悲しい日」ぼくはつぶやいた。

この台詞《せりふ》はどこかできいたことがあるような気がした。ちょっとかっこいいと思った。

パーシーのぬいものがかたづくと、ぼくたちは海岸へ行き、古い空《あ》き缶《かん》に石をぶつけて遊んだ。とくに楽しくはなかったけれど、パーシーといっしょにいられるのは気分がよかった。

パーシーは海に目をこらした。カマスがとびはねた。水面に輪がひろがって、射撃《しゃげき》の的のように

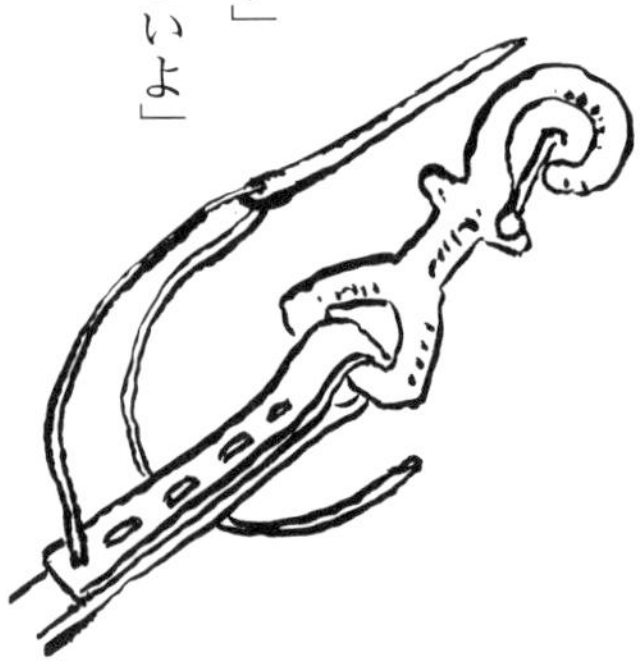

なる。

パーシーは的のまん中に石を投げつけると、いった。

「十点満点！　ああ、カマスになれたらなあ」

「なんで？」

「カマスなら、二十メートルなんてカンタンに泳げるだろ」


その晩《ばん》は、パーシーとぼくはおじいちゃんの部屋へもどった。

ぼくはソファベッドの足の方にすわり、おじいちゃんはあおむけに横になった。布団《ふとん》をかけたおじいちゃんのおなかは、岩山のようにもりあがっていた。

パーシーはおじいちゃんの顔のそばに置いた椅子《いす》にすわり、『バッファロー・ビル』を声にだして読みはじめた。

いちばんおもしろい章のひとつ、第六章『ポニー・エクスプレスの御者《ぎょしゃ》としての冒険談《ぼうけんだん》』だ。

こんなふうにはじまった。

「十五歳《さい》になったわたしは、ますます冒険心《ぼうけんしん》が強くなった。数か月もたつと、小屋で経験した数々のつらさも、国境地帯へは二度と近づかないと決心したことも忘《わす》れてしまった。なにか新しく、もっとスリルのあることを、わたしは求めるようになっていた」

パーシーが読んでいるあいだ、ぼくは我《われ》を忘《わす》れて夢中になった。

バッファロー・ビルがどんなふうに岩だらけの山を馬で走りまわり、いかにして防水袋《ぼうすいぶくろ》に入れただいじな郵便物《ゆうびんぶつ》を肩《かた》にかついでいたかを、パーシーは読んだ。ビルはつねにインディアンに追われ、おそろしい盗賊《とうぞく》たちに脅《おびや》かされつづけたけれど、どんなときもみごとに難《なん》をのりきった。ビルは罠《わな》や待ちぶせをくぐりぬけ、西部の大草原を日々、稲妻《いなずま》のように突《つ》き進《すす》んだ。

いちばんいいところで、パーシーは外のトイレへ用をたしに出ていった。

しばらくしてからもどってきたパーシーに、ぼくはいった。

「ずいぶん長かったね。早くつづきを読んでよ」

パーシーはせきばらいをすると、また読みはじめた。

「……敵は何度もわたしを撃《う》った。だが幸運はつづき、わたしは弾《たま》をかわして逃《に》げおおせた。わたしの馬はカリフォルニア産の葦毛《あしげ》で、馬小屋にいる中でいちばん足が速かった。わたしは馬のわき腹《ばら》にけりを入れ、姿勢《しせい》を低くして、二十キロほどはなれたスウィートウォーター・ブリッジの方角へ全速力で駆《か》けぬけた」

「本当にすごい男だ。たったの十五歳《さい》のときの話なんだぞ」おじいちゃんが感心したようにいうと、パーシーは「おれは、まだ十歳《さい》だよ。さてと、明日にそなえて、そろそろ寝《ね》よう」といった。

16 不可能が可能になり、でもまたすぐに不可能になる

つぎの朝、パーシーは朝食の時間になっても帰ってこなかった。

おじいちゃんが金属ブラシでたらいをみがきはじめると、そのキイキイいう音に、みんなはふるえ、すっかり食欲《しょくよく》をなくした。

パパがいった。

「お父さん、お願いですよ。ちょっと待ってくれませんか？　その音がすると、食べる気がうせる。ぼくは休暇中《きゅうかちゅう》なんですから」

「わしは休暇中《きゅうかちゅう》ではない、息子《むすこ》よ」おじいちゃんは、いいかえした。「音なんてものは、気にするかしないかだ。それに早くしないと、もうじき天気がくずれる」

「そんなはずありませんよ。空を見てください」パパもいいかえした。

ぼくたちは空を見あげた。

まっ青に澄《す》んでいる。小さな白い雲がふたつばかり、浮《う》かんでいるだけだ。ツバメが高くとんで

いる。風は乾《かわ》いていて暖《あたた》かかった。

「この子のいうとおりですよ。まったくもう」おばあちゃんがおじいちゃんにいった。

「まあ、見るがいい。おまえは髪《かみ》を洗《あら》うことになる」おじいちゃんは断言した。

たしかに、おばあちゃんは本物の雨水で髪《かみ》を洗《あら》うのが大好きだった。雨の水は柔《やわ》らかくて気持ちがいいからよ、とおばあちゃんはいう。

そして、おじいちゃんは、おばあちゃんが雨水で洗《あら》った髪《かみ》を見るのが大好きだった。ぼくも好き。洗《あら》いたてのおばあちゃんの髪《かみ》は綿あめみたいにふわふわと白く、つやつやしているからだ。

「『ことを企《くわだ》てるのは人、ことを運ぶのは神』」おばあちゃんはことわざをひとついうと、ほほえみ、おじいちゃんを見て言葉をつづけた。「雨が降《ふ》るとおっしゃるなら、あなたは足を洗《あら》ったら？ 本当に必要なことですよ」

そのとき、パーシーが走りこんできた。今朝は、けがしていないようだ。髪《かみ》の毛《け》がぐちゃぐちゃだけれど、いつにもましてうれしそうだ。

「オートミールを温めてあげましょうか？」ママがきくと、パーシーは「ううん、そんな暇《ひま》はない。ウルフ、行くぞ」と、いきなりぼくを椅子《いす》からひっぱった。

「どこへ行くんだね？」パパがきくと、パーシーは「恋《こい》の出会いに」とこたえた。どこで仕入れてきた台詞《せりふ》だろう。

パーシーはパンをひと切れ、ぱっとつかむと、ポケットにおしこみ、すぐに走りだした。

「どこ行くの？」ぼくもすぐにあとを追った。

「まだ秘密《ひみつ》。でも、ひとつだけ教えてやる。おまえがびっくりぎょうてんして、目をまわすことさ！」

ぼくたちは、牧場の真新しい牛糞《ぎゅうふん》の山をとびこえた。ヴェステルベルイさんちのメンドリの横を走りすぎた。刈《か》りとりのすんだ畑をななめに横切り、溝《みぞ》を大きくまたいだ。その先につづくのは、潅木《かんぼく》の林だ。

「まだ着かないの？」ぼくは、あえぎながらたずねた。

「もうすぐさ」

そこからすこし行ったところで、パーシーは急に立ち止まり、目の前にしげる木の枝をぐいとおしあげた。

ぼくは本当にびっくりぎょうてんして、目をまわしそうになった。

空き地の木に、馬が一頭つながれている。馬はときどき足を一歩前にだしたり、しっぽでハエを追いはらったりはするけれど、のんびりと緑の草をはんでいる。体はつややかに光り、雨水で洗《あら》ってもらったばかりみたいだ。

「スヴァルテン……」ぼくはささやいた。「本当にスヴァルテンなの？」

「ああ、きれいになったろ？」

もしも二時間前に起きて、朝食にオートミールを一人分しっかりと食べていなかったら、ぼくは、これは夢だと断言できただろう。

パーシーが口笛をふくと、スヴァルテンは顔をあげた。ちっともこわくない。馬というものが慈《じ》愛《あい》に満ちた生き物ならば、まさしくこういう顔をするだろうという顔つきで、パーシーを見つめている。

ところが、ぼくに気がついたとたん、スヴァルテンは神経質そうに耳をぴんと立てた。

「どうどう」パーシーが声をかけると、スヴァルテンはおちつきをとりもどした。

「きみのものにしたんだね？」

「生きてるものを所有することなんてできないさ。スヴァルテンはスヴァルテン自身のもの。おれのものじゃない。おれは、ただ、こいつを外につれだしてやっただけさ」

「ぼくのことを見たとたん、機《き》嫌《げん》が悪くなったよ」

「慣れさ。はじめのうちは、すこし注意したほうがいい。スヴァルテンはまだ、おまえに慣れていないからな。でも、おまえとおれが友だちだとわかったら、もう安心さ」

ぼくたちは、ゆっくりとスヴァルテンに近づいていった。

歩きながら、パーシーは穏《おだ》やかな口調で馬に話しかけた。
「どうどう、スヴァルテン。こいつは、ウルフ・ゴットフリード・スタルクといって、おれの古くからの友だちさ。この世でいちばんいいやつさ。本当だぜ。一度なんか、おれを元気づけようとして、消防車を呼《よ》ぶためにわざわざ火事を起こしてくれたんだ。こういう友だちは、そんじょそこらにいるもんじゃない。さあ、スヴァルテン。こっちへきて、おれの友だちにあいさつしてくれ。暴れたりするんじゃないぞ」
ぼくたちは、スヴァルテンからすこしはなれたところに立った。
スヴァルテンは、ぼくを不安そうな目でながめた。それから、もうじゅうぶんに見たというように首をふると、二、三歩前に進み出て、パーシーの肩《かた》に大きくて重そうな頭をのせた。なでてもらいたいというように、パーシーのポケットにパンがあるのを知っていて、それをくれというように。

でも、パンをもらう前に、スヴァルテンはぼくの胸《むね》に鼻をつけて、親しげに息をふきかけた。おまえにも敵意はないぞというように。

「よしよし」パーシーはいった。「これで、おれたち三人は友だちだ」

「なにをしたの？」ぼくはパーシーにきいた。「もう、スヴァルテンじゃないの？　スウェーデン一の暴れ馬じゃないの？」

「ああ、もちろん、こいつはスヴァルテンさ。でももう、暴れ馬じゃない。暴れ馬はおわりさ」

「なにをしたの？」

「話をした」

「なんの話？」

「いろいろとな。でもいちばん話したのは、おれ自身のことかな。おれが考えていること、感じていること。おれがどんなふうに大きくなったか、おれが人生でいいと思っていることと、よくないと思っていることなんかを話してきかせたのさ。自分のことを話さなくちゃ、おれがどういう人間か相手にはわからないだろ？　それから、おれはこいつにいろんなものを見せてまわった。馬というのは見ることが好きだからな。ウルフ、おまえもこいつに見せたい場所はないか？」

「あるよ、のろし台のある山の上。あそこからのながめは、すばらしいよ」

「じゃあ、そこへ行こう」パーシーはそういうと、昨日ぬっていた革《かわ》の手綱《たづな》をスヴァルテンにつけた。

ぼくたちは歩きだした。

のろし台まで山をのぼると、ぼくはパーシーにいった。

「ここだよ！　どう？」

「おおっ、すげえいい景色《けしき》じゃないか？　見えるか、スヴァルテン？」

パーシーとスヴァルテンは目を見開いて、あたりを見まわした。

はるか遠くの景色《けしき》をながめていると、目がまわりそうになるほどだ。海の上には、あちらこちらに、単調にはならないぞとでもいいたげに、岩礁《がんしょう》や小島が顔をだしている。灯台は少なくとも三つ見える。天気によっては、五つ見える日もある。

「あれは灯台っていうんだ」パーシーは指をさしながら、スヴァルテンに教えた。「あっちの奥《おく》の島には、ヌーディストのカップルが住んでいてさ。見る価値《かち》はたいしてないけどな」

パーシーはぼくをふりかえった。

「南西はどっちだ？」

「こっち」

「いいか、スヴァルテン。ウルフとおれが住んでいるストックホルムのストゥーレビーってところは、こっちだ」

「いつかスヴァルテンも遊びにこられるといいね」ぼくがいうと、スヴァルテンはストゥーレビーの方をむいて、鼻をブルルッと鳴らした。

こんなふうにパーシーとスヴァルテンとぼくは、太陽と潮《しお》と松脂《まつやに》のにおいをかぎながら、話をつづけた。空はあいかわらず青く澄《す》んでいたけれど、水平線には黒い雲がひろがりはじめていた。

のろし台までくるあいだ、ぼくたちはスヴァルテンをひいてきた。でも、パーシーはスヴァルテンの背中《せなか》にぼくがのることもできるといった。

パーシーは毎朝、その訓練をしていたんだ。昨日もした。そしていま、いちばんだいじなのは、のる前にもうすこしスヴァルテンをぼくに慣らせることだという。

「ぼくがのってどうするんだよ？　ぼくは馬にのれないんだよ」

「のらなきゃだめだ」

「なんのために？」

「恋《こい》のためだ」

そのとき、ぼくはピーアがいったことを思いだした。ピーアがぼくを好きになるのは、だれもス

ヴァルテンにのることができないのと同じくらい不可能だと。

「ということは、どういうことだ？　スヴァルテンにのれれば、ピーアがおまえを好きになるということじゃないか？」

「うん、そのとおりだ。ざまあ見ろ！」ぼくは声をあげた。

ぼくは、下品な言葉をつかうのは好きじゃない。でも、パーシーのガラスのようにすきとおった論理《ろんり》は、ピーアがぼくとつきあってくれる可能性があることをはっきりと示していた。だったら、「ざまあ見ろ！」くらいいったって、いいじゃないか？

ぼくはパーシーに抱《だ》きつきたい心境だった。

パーシーが毎朝なにをしていたか、ようやくぼくにはわかった。エステルマンさんちの馬小屋へ行き、スヴァルテンをおとなしい馬にするために、傷《きず》だらけになっていたんだ。

パーシーはヒーローだ。聖人《せいじん》だ。奇跡《きせき》の子だ。パーシーは永遠に、ぼくの〈血の兄弟〉だ！

こういうときは、なんというべきか？

「ありがとう」ぼくは心をこめていった。それから、どうしてパーシーは馬にくわしいのか、きいてみた。

「シェヴデに住んでいたときさ」パーシーはこたえた。

シェヴデに住んでいたとき、パーシーの家は食肉工場の隣《となり》にあったらしい。そこには、年をとったり病気になったりした馬が送られてきた。

「おれは、よく馬のところへ行った。囲いの中にいる馬たちは、みんな悲しそうだった。そのころ、おれも友だちがいなかったから、けっこう寂《さび》しくてさ。そしたら、馬の世話をする男の人が、おれに馬の乗り方を教えてくれたんだ。馬たちにだって、死ぬことよりもほかに考えることが必要だろうって」

「その馬たちは、悲しいことを忘《わす》れられたの？」

「すこしのあいだはな。おれはそう思ってるよ。さてと、スヴァルテンに小島や灯台の名前を教えながら、おれがおまえに手を貸すから、背中《せなか》にのってみろよ。そろそろピーアがやってくるころだろ。行ってみようぜ」

ぼくたちはダンス場でピーアを待った。

待っているあいだ、パーシーはつぎの月曜日に上映《じょうえい》される映画《えいが》のポスターによりかかっていた。

ぼくはというと、自分でも信じられないことに、スヴァルテンにまたがり、深いしげみのうしろに隠《かく》れていた。ここにいれば、道からは見えない。

パーシーは深いしげみの中へ、ぼくをのせたスヴァルテンをひいていき、ふたりきりにする前に、馬にやさしく言葉をかけた。

いま、パーシーは草を一本くわえて、学校の方へ目をやった。

ぼくはスヴァルテンの首をぽんぽんとたたき、緊張《きんちょう》しながらささやいた。

「どうか、おとなしくしててくれよ。前のようにはならないでくれ。いまからやってくるのは、ピーアという、ぼくが恋《こい》してる女の子なんだ。なにもかも、おまえにかかっているんだよ」

ブハッ。スヴァルテンはなにかいおうとしたのか、せきばらいのような声をだした。

そのときだった。パーシーが草をかきわけて、道のまん中へ出ていくのが見えた。

つぎの瞬間《しゅんかん》、ピーアがパーシーの前で自転車を止めた。

ピーアはブルーのセーターを着ている。

「こんにちは」ピーアがいった。

「こんちは。きれいなセーターだね」とパーシー。

「そう?」

「うん、色がいい。ところで、この前、ここで会ったときのこと覚えてる? ウルフもいっしょだった」

「もちろんよ」

「あのとき、きみはこういったよな。ウルフとつきあうのは、だれもスヴァルテンにのれないのと同じくらい不可能だって。そうだったよな?」

「ええ、そうよ」

「じゃあ、見てくれ」パーシーはそういうと、低く口笛をふき、それから高い音でふいた。

これがスヴァルテンを呼《よ》ぶときのとくべつな合図なんだ。

スヴァルテンはぼくをのせたまま、しげみをぐるりとまわって道へ出ていった。ぼくは両膝《りょうひざ》でスヴァルテンの胴《どう》をぎゅっとはさみ、枝のようにまっすぐにすわっていた。

ピーアは目を丸くした。悲鳴をあげそうになっている。

「大きな声ださないで」ぼくはいった。「スヴァルテンの機嫌《きげん》が悪くなる」

「スヴァルテン……」ピーアはつぶやいた。「本当にスヴァルテンなの？　ありえないわ」

「不可能なことはなにもない。自分の目で見てごらんよ。これで、ぼくたち、つきあえるよね」ぼくは、にっこりほほえんだ。スヴァルテンもたぶん、ほほえんでいただろう。

けれども、ピーアは真剣《しんけん》な目でぼくを見つめた。

「なっ！」パーシーがうながした。

「だめよ……。どうしてもだめ……」ピーアはいった。

「でも、こうして証明したんだよ」とぼく。

「約束のようなもんじゃないか？」パーシーもいった。

「そうだけど……。でも、そういう意味でいったんじゃないもの」

「でも、つまりはそういう意味だよ」とぼく。

「そうだけど……」

ぼくはパーシーを見た。なにかいってくれるだろうと思った。でも、パーシーはぼくの前にとびのると、だまって手綱《たづな》をとった。

望みはないことが、ぼくにはよくわかった。

ぼくたちはだまったまま、エステルマンさんの馬小屋へむかった。空はどんどん暗くなっていく。ぼくはぜったいにピーアをふりかえらないように、がんばった。

恋《こい》はおわった。


スヴァルテンをおとなしい馬にしたというので、パーシーとぼくは村のヒーローみたいに扱《あつか》われた。でも、それがなんの役にたっただろう。

みんなはぼくたちの背中《せなか》をたたき、どうやってスヴァルテンを手なづけたのか知りたがった。エステルマンさんは、ぼくたちに嚙《か》みタバコをおごりたがった。

おじいちゃんは帽子《ぼうし》をぬいで、おじぎをした。おじいちゃんのはげた頭が自慢《じまん》げに光った。

「おまえたちは、この世でいちばんの天才的バカ者だ！」

これ以上のほめ言葉はなかった。

けれど、恋《こい》しい人を手に入れられなかったときに、なにを喜んだらいいのだろう。

夜になると、ぼくに同情するかのように、風が強まった。

風は黒い水平線から、激《はげ》しい音とともにふきつけてきた。まるで風が波を吸《す》いこんでは、はきだすことをくりかえしているみたいに、海は荒《あ》れ、波頭が立ち、砕《くだ》けて白い泡《あわ》をまきちらした。

ぼくは蒸気船《じょうきせん》の桟橋《さんばし》の先端《せんたん》に、ずぶぬれになって立っていた。何年ものあいだ、おじいちゃんから学んだ、ありとあらゆるののしり言葉を荒《あ》れくるう海にむかってはきつづけ、最後に天にむかって、こうさけんだ。

「どうして、神さまはぼくにこんな仕打ちをするんだ！」

とたんに、空から岩が降《ふ》ってきたような、ものすごい雷鳴《らいめい》がとどろいた。

17 神さまはちっとも平穏《へいおん》ではない、とぼくは思う

それからの毎日は、重く湿《しめ》っていた。

おじいちゃんはほとんど大工小屋にこもって、さびた古釘《ふるくぎ》をまっすぐにしていた。

おばあちゃんは、いつものように窓辺《まどべ》にすわっていた。

ママは暖炉《だんろ》に火を入れた。

にいちゃんは学校の先生の息子《むすこ》といっしょに、航空母艦《こうくうぼかん》のプラモデルを作った。

パパは、ラジオで天気予報をきいてばかりいた。

「しっ、静かに。このあたりをやってるんだ」

パパがわめいて、ラジオが低気圧がどうのこうのといったとき、ドアをノックする音がした。

クラッセだった。すこしやせたみたいだけれど、あとは前と変わらなかった。

「帰ってきたよ」クラッセはいった。「ピーアがきみをふったって、村できいたよ」

「みんな、知ってるの？」ぼくは国じゅうで、はずかしめを受けているような気持ちになった。

「うん、そういうことだろうね」クラッセはうなずくと、きれいな包装紙《ほうそうし》に包まれた箱をさしだした。「これ、きみにあげたほうがいいと思って」

中には、死んだ甲虫《こうちゅう》のコレクションが入っていた。

「パパが、家の中に置いておいてほしくないっていうんだ。それに、たぶん、これを手にすれば、きみの気分がすこしは明るくなるかなと思って。戦争ごっこでもしよう」

ぼくたちは船尾《せんび》客室へ行き、床《ゆか》にすわって虫をわけた。

クラッセは、空軍として、コフキコガネ、カミキリムシをとった。

ヤマグソコガネ、テントウムシ、カミキリムシ、オオツ

パーシーはゲンゴロウやミズスマシで、海軍をととのえた。

スタルク陸軍大将《たいしょう》は、オサムシ、モモブトシデムシ、

モンシデムシ、サイカブトで自分の部隊をかためた。

「針葉樹《しんようじゅ》を食べてどうだった？」パーシーがクラッセにきいた。

「べつに。ハエのステーキのほうがまずかった。そうだ、この前いってたマーブルケーキは、まだあるの？」

「ごめん。全部、食べちゃった。でも、なにかちがうものをとってくるよ」ぼくは冷蔵庫《れいぞうこ》から、太いソーセージを半分とってきた。

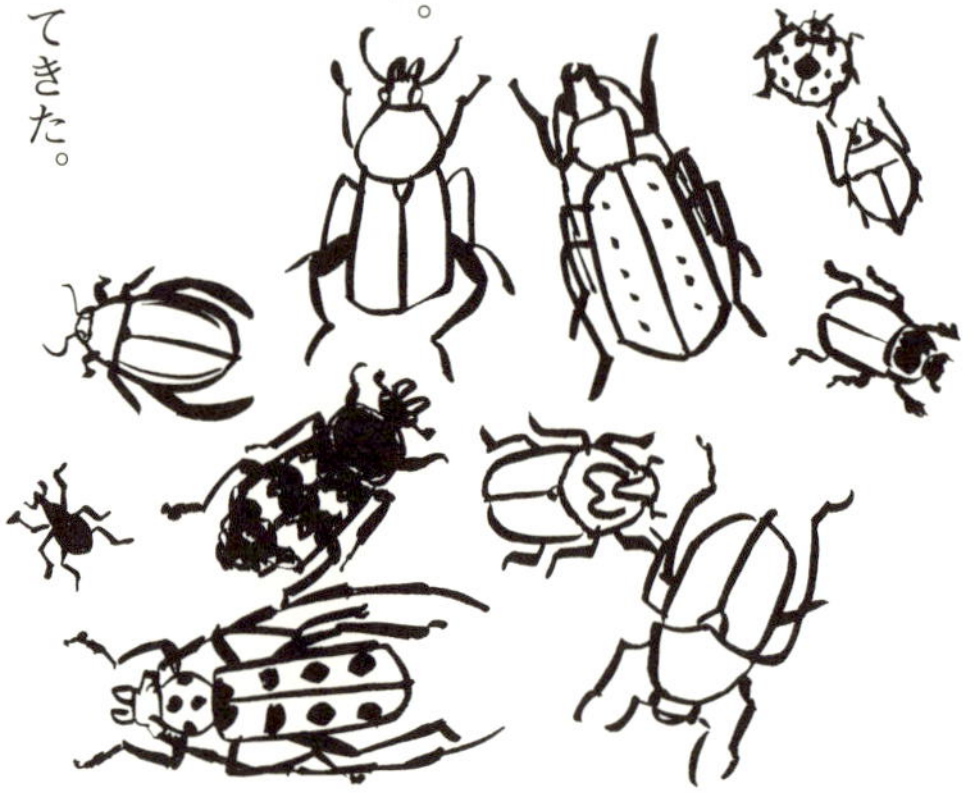

そして、戦争がはじまった。

オオツヤマグソコガネが空を旋回《せんかい》し、石の爆弾《ばくだん》をばらばらとおとした。戦闘機《せんとうき》のカミキリムシに、ぼくのモモブトシデムシたちはなぎたおされ、モンシデムシたちがその死体の世話にあたった。

サイカブトは爆弾《ばくだん》にあたり、砕《くだ》けちった。

すこしすると、ぼくの虫はほとんどやられてしまった。床《ゆか》には、折れた足やよれよれになった羽やつぶれた胴体《どうたい》がちらかっていた。

見るも無惨《むざん》な光景に、スタルク陸軍大将《たいしょう》はうちのめされた。

「どうした？」クラッセにきかれた。

「わかってるくせに」ぼくはこたえた。

そこで、ぼくたちはゲームをすることにした。雨の日にそなえて、タンスの引き出しに入れておいたんだ。

ぼくたちはピンを使う『山崩《やまくず》し』と、すごろくみたいな『ルドー』をやった。毎回きまって、ぼくが負けた。『救命ゲーム』でも、ぼくは救われなかった。

ぼくは集中力を失っていた。ゲームをしても、ちっとも楽しくなかった。頭がさえるということは、けっしてなかった。

「ウルフ、水たまりに脳《のう》みそをおとしちゃったのか？」クラッセがからかうようにいった。

「たぶんね」ぼくはこたえた。

「きみの気分がよくなったころに、またくるよ。ぼくは家へ帰って、なにか食べる。旅行からもどってきてから、食べてばかりさ。村までいっしょにくる？」

「ううん」ぼくはことわった。

二度と村へは行かない、と心にきめていた。いまもこれから先も永遠に、ぼくはみんなにばかにされつづけるのだから。それが、神さまがぼくにした仕打ちなんだ。

そういう仕打ちを受けたのは、ぼくひとりきりではなかった。

クラッセが帰ってしまうと、ぼくは神さまが人間にした仕打ちについて、聖書《せいしよ》で証拠《しようこ》を見てみることにした。見つけるのはかんたんだった。旧約聖書《せいしよ》は、そういった話でいっぱいだったからだ。

「たとえば、これを見て」ぼくはパーシーに、聖書《せいしよ》の『紅海《こうかい》に沈《しず》むエジプト軍』の挿絵《さしえ》を見せた。

おおぜいの戦士と馬が荒《あ》れくるう波にのまれていく。

もう一度、『大洪水《だいこうずい》』の絵も見た。

家の外では雨がパタパタと屋根をうち、雨どいに水が流れ、窓《まど》ガラスにしずくがつたっていた。

「残酷《ざんこく》だな、神さまってのは」パーシーがつぶやいた。

「うん。自分で創《つく》った生き物のほとんどを水に沈《しず》めたんだ」ぼくはいった。

しばらくすると、パパが昼寝《ひるね》をしにやってきたので、ぼくたちは外へ行き、庭でおぼれそうになっているミミズやナメクジを助けた。

助けた生き物は、おじいちゃんが靴《くつ》みがきの道具を入れている木の箱に入れた。靴《くつ》クリームの瓶《びん》とブラシをとりだし、かわりに小さな生き物たちを入れてやったんだ。

そして木箱の側面に、『ウルフとパーシーの箱舟《はこぶね》』と書いて、ベランダに置いた。そこが地面から高くて安全な場所だったから。

「こいつら、おれたちに感謝すべきだな」とパーシー。

「うん。『基本ナメクジ図鑑《ずかん》』に、ぼくたちの名前をのせるべきだ」ぼくもいった。

夕食のあと、雷《かみなり》が鳴りだした。大きな床置時計《ゆかおきどけい》は五時をさしていたけれど、部屋の中はもうまっ暗だった。

ぼくたちは電気をつけたかったけれど、おばあちゃんはいやがった。電気が家の中に稲妻《いなずま》をひきこむと思いこんでいるからだ。

「そんなの、迷信ですよ。なんの根拠《こんきょ》もない」パパはいった。

それでも、ぼくたちは電気をつけさせてもらえなかった。

ママは台所でパンを焼いているあいだ、歌をうたわせてもらえなかった。

「まったく、あたしの歌が雷《かみなり》を呼《よ》ぶとでも、思いこんでいらっしゃるわけじゃないでしょうね?」ママはいった。

「そんなこと、わかりませんよ。自信過剰《かじょう》になってはいけないわ」おばあちゃんは反論《はんろん》した。

ママは鼻でフフンと笑い、『雨、低くたちこめる雲』という歌をハミングしはじめた。

でも、おばあちゃんは本当に雷《かみなり》がこわいのだった。昔からずっとそうなのだ。

なんでも子どものとき、ものすごい稲妻《いなずま》が玄関《げんかん》のドアのすきまからうずまいて入ってきて、火のついた毛糸玉みたいにビカッとはねたそうだ。そして猫《ねこ》のしっぽを焼きこがし、食卓《しょくたく》のまわりを二周して、入ってきたときと同じように、突然《とつぜん》、外へとびだしていったんだって。

「どんなにこわかったか考えてみてちょうだい」おばあちゃんはいった。

いま、おばあちゃんは両手を組んでソファにすわり、いつもよりもずっと年よりくさく、しわだらけに見えた。外見はしわだらけでも、その奥《おく》には稲妻《いなずま》におびえる少女がいる。

パパは隣《となり》に腰《こし》をおろすと、ひとりぼっちだと感じさせないように、片手《かたて》をおばあちゃんの膝《ひざ》にのせた。そして、おばあちゃんに電気というものについて、ありとあらゆることを説明した。電子とか、放電とか、避雷針《ひらいしん》とか。

「ウルフ、避雷針《ひらいしん》を発明したのはだれか、知ってるかい?」パパはぼくにきいた。

「ヘンジャネン・シランプリン」ぼくは正しい答えを知っていたけれど、みんなを笑わせようと思って、わざといった。

だれも笑わなかった。

「ベンジャミン・フランクリンだ」パパはいいなおした。「避雷針《ひらいしん》は、学校の屋根に立っていますからね。お母さんはなにも心配しなくていいんですよ」

おばあちゃんが科学の知識によっておちつきをとりもどす、とパパは思ったらしい。でも、それはまちがいだった。

「台所のドアはちゃんと閉《し》まっているわね」おばあちゃんはいった。

「もう二回も同じことをききましたよ、お母さんは。屋根にはなんの危険《きけん》もありません。雷《かみなり》は遠いです。ずっとずっと遠い」パパはかみしめるようにいった。

「でも、だんだん近づいてくるよ。音がするまで、たったの十かぞえられるだけだ」ぼくはそういうと、稲妻《いなずま》が光ってから雷《かみなり》の音がするまでどれくらい時間がかかるか、数をかぞえた。正しいテンポでかぞえれば、何キロメートルぐらい先に危険《きけん》があるのか知ることができる。

でも、ぼくは、わざとゆっくりかぞえた。おばあちゃんをこわがらせるために。

にいちゃんとぼくは、いつもそうした。でもいま、にいちゃんは雷《かみなり》からは卒業だった。ベッドに横になり、懐中電灯《かいちゆう》をつけて漫画《まんが》を読んでいる。

かわりにパーシーとぼくとで窓辺《まどべ》に立って、見張りをつづけた。稲妻《いなずま》がすこし弱く光るのが見えた。

「おばあちゃんも見てごらんよ」ぼくは大きな声でいった。「すごい稲妻《いなずま》だよ」

それから、とてもゆっくりと数をかぞえた。五までしか、かぞえられなかった。

「五キロメートルしかはなれてないや」ぼくはいった。

どうしておばあちゃんをこわがらせるのが、そんなに楽しいのか、自分でもよくわからなかった。

たぶん、おばあちゃんがふだんはとてもおちついているからだろう。

おばあちゃんはいつも窓辺《まどべ》の椅子《いす》にすわって、まるで風船の中にいるみたいに、タバコの煙《けむり》に守られ、ほかの人の手には届《とど》かないでしょというような顔して、平然と自分の世界にひたっている。

そして、いまのぼくにしてみれば、あまりに悲しくて、むしゃくしゃしている今日みたいな日は、おばあちゃんをこわがらせることで、すこしは気分がよくなるような気がした。

「もう、ぼくたちもおしまいだね」ぼくがいったとたん、ものすごい稲妻《いなずま》が光った。

燃える光が、暗い空にZの文字をはっきりと書いた。怪傑《かいけつ》ゾロがサーベルの先でZの文字を刻《きざ》みつけたみたいに。そしてすぐに、窓《まど》ガラスがふるえるほど大きな雷《かみなり》が近くにおちた。

おばあちゃんは両手で耳をふさいだ。

「わあ、すごい。すごい雷《かみなり》だよ、おばあちゃん！」ぼくはわめいた。

「ほんとに、すごいや」パーシーは本当に感激《かんげき》したように、声をあげた。

そのとき、おじいちゃんが帽子《ぼうし》のつばから雨をしたたらせながら、ドアのところでどなった。

「おまえたち！　おばあちゃんをこわがらせるのは、やめろ！」

大工小屋にいたおじいちゃんが家に入ってきた音が、ぼくたちにはきこえなかった。

おじいちゃんの言い方は、おばあちゃんの隣《となり》にすわって手をにぎり、守ってあげるのは自分の役目だといいたいようだった。

でも、そこにはパパがすわっていた。

「こわがらなくていいんだよ、エリカ」おじいちゃんはそれだけいった。

「わたしのことは、神さまが守ってくれるわ」おばあちゃんはつぶやいた。

神さまときいたとたん、ぼくはかっとなった。もう自分を抑《おさ》えきれなかった。

「神さまだって？　神さまが人間を守ってくれるなんて、どうしておばあちゃんは信じてられるんだ？　神さまは人間を守ったりしない。ゴットフリードなんていう名前は、ばかげている。〈神の平穏《へいおん》〉なんて、ぜったいにあるものか。どうなの、おじいちゃん！」

「ほう、ゴットフリードというわしの名前はばかげていると？」

「そうさ。だって、神さまはちっとも平穏《へいおん》なんかじゃないだろ！」

「ウルフ、神さまを冒瀆《ぼうとく》するもんじゃありません」おばあちゃんはいった。

「ぼくを冒瀆《ぼうとく》したのは、神さまのほうだ！」

「ああ、ウルフ、お願い」おばあちゃんは動揺《どうよう》している。「あなたは自分で自分のいっていることがわからないのよ。神さまは愛に満ちているの！」

「そんなわけない！　じゃあ、きくけど、そういうおばあちゃんは、愛がどういうものかわかってるの？　おばあちゃんは、おじいちゃんのことをすこしも愛しちゃいないでしょ？　おじいちゃんはずっと、おばあちゃんのことを愛してきたのに。おばあちゃんへの愛は、おじいちゃんの人生のまん中にいつもあったのに。庭のあの大きな岩のように。どうして、どうして、おばあちゃんはおじいちゃんに愛をかえしてあげないの？」

おばあちゃんはソファから立ちあがった。でも、すぐにまた腰《こし》を沈《しず》めるといった。

「わからないわ」

おじいちゃんはドアのへりをバンとたたいた。

「静かにしろ。もうひと言も口をきくな。いいな。わしは足を洗《あら》いに行ってくる。もどってきたとき、おまえたちのピーピーわめく声はききたくないからな」

それからすぐに、おじいちゃんが台所で銅のたらいにお湯をためている音がきこえた。おじいちゃんはたらいのお湯を持って、ドアを乱暴《らんぼう》に閉《し》めて庭へ出ていった。

部屋の中は静まりかえった。まるで、おじいちゃんがすべての音をひきつれて出ていってしまったみたいに。家も風も雨も、すべてのものが永遠に息を止めたようだった。

雲が切れて太陽が顔をだしはじめると、ぼくたちは嵐《あらし》がおさまったと思った。

おばあちゃんは立ちあがり、髪《かみ》をとかしに壁《かべ》の鏡のところへ歩いていった。

そのとき突然《とつぜん》、部屋の中がぱっと明るくなった。一度に何千というライトがついたみたいに。つづいてパンと音がして、鏡がななめに傾《かたむ》き、床置時計《ゆかおきどけい》がカチッと止まり、壁《かべ》がふるえた。

天井《てんじょう》の端《はし》をつたう電気の配線に、青い火花が走る。

玄関《げんかん》ホールでは、黒い電話がリンリン鳴りだした。

「出ちゃだめ！」おばあちゃんがさけんだ。「稲妻《いなずま》よ」

「ああ、神さま」ママは声をあげると、両手にパン生地を持っているのを忘《わす》れて、その手で顔をおおった。いつもは雷《かみなり》が好きなママが。

もう、だれも口をきかなかった。

すこしして、おじいちゃんがもどってきた。

顔がまっ青だ。頭にほんのすこし残っている髪《かみ》の毛《け》は逆立っている。ズボンの裾《すそ》はたくしあげたままで、ぬれた足跡《あしあと》が床《ゆか》に点々とつづいていた。

おじいちゃんはよろりと前に進み出ると、大きく息をついた。

ぼくは、おじいちゃんの足に目をやった。インクで描《えが》いたみたいに、青い血管が浮《う》き出《で》ている。

「お父さん、どうしたんですか、それ？」パパが口を開いた。

「……いまの、悪魔《あくま》のような稲妻《いなずま》が、わしの足にあたりやがった」おじいちゃんはいった。

すると、おばあちゃんが立ちあがった。両手をひろげて、おじいちゃんの方へ近づいていく。

おじいちゃんはその場につっ立ったまま、自分の方へ近づいてくるおばあちゃんを見つめた。手のこぶしが白くなるほど、ぎゅっとつかんだドアをゆらしながら。

「ああ、あなた。愛しいあなた……」おばあちゃんはささやいた。

おじいちゃんの目はまっ赤だった。

「エリカ……、おまえ。わしを愛してくれているのか？」おじいちゃんはまばたきをするといった。

「お願い、ゴットフリード。なにもいわないで」

「わしを愛してくれているのか？」おじいちゃんはくりかえした。

「いいえ……」おばあちゃんは、きこえるかきこえないかの小声でこたえた。

おじいちゃんは両腕《りょううで》をあげて、おろした。あげた手をどうするつもりかと気がついたみたいに。

それから目をしばたたいた。まるで、見ているものがもうなにかわからないというように。

そして、おじいちゃんは外へとびだしていった。

「お父さん……」パパがつぶやいた。

窓《まど》の外に、おじいちゃんの太ったシルエットが見えた。イチゴ畑のあの黒い岩の方へ歩いていく。

おじいちゃんはおでこを岩にあてて両腕《りょううで》をひろげると、ものすごいうなり声とともに岩を持ちあげた。一瞬《いっしゅん》、動きが止まり、あまりの重さにひるんだみたいによろめいたけれど、そのまま斜面《しゃめん》の方へよろよろと歩いていき、海にむかって岩を投げおろした。

しばらくのあいだ、おじいちゃんはその場に立って、岩がころがっていくのをながめていた。おじいちゃんがにやりとほくそえんでいるのが、ぼくには見えたような気がした。

「ついに、かたづけたぞ！」おじいちゃんは大きな声でさけんだ。

そしてそのまま、ばたりとたおれた。

「ああ、神さま」おばあちゃんがかすれた声をあげた。

パーシーとぼくは、学校の先生を呼《よ》びに行かされた。そうしなければ、おじいちゃんをおじいちゃんの部屋のソファまで運べそうになかったからだ。

おじいちゃんは、ぐったりと横になった。

パパはにいちゃんの懐中電灯《かいちゅう》でおじいちゃんの目を照らし、心臓《しんぞう》の音をきいた。それから、おじいちゃんに名前をたずねた。

「ばかなこときくな」おじいちゃんは、ほとんどきこえないくらいの小さな声でこたえた。

「脳出血《のうしゅっけつ》を起こしているようだ」パパはいった。

一時間ほどして、お医者さんがやってきた。お医者さんもパパと同じことをいった。そして、おじいちゃんを飛行機で病院へ運びましょうと提案した。

けれども、おじいちゃんはいやがった。

「わしをぜったいにここから動かすな。ぜったいに。ネヴァー（ぜったいだめ）だ」

「お父さん、いうことをきいてくださいよ」パパがなだめた。

『わしは、ぜったいにいうことはきかん。いうことをきいたこともない』と、おじいちゃんは紙に書いた。もう話すのは無理だったから。

すると、おばあちゃんが口を開いた。

「ゴットフリードがそう望むなら、ここにいればいいわ」

「ぼくは責任、持てませんよ」パパがいうと、「わたしが持つわ」とおばあちゃんはいいきった。

　その夜、ベッドに入る前に、ぼくはひとりで船《せん》尾《び》客室へ行き、聖書《せいしょ》をめくった。四八三ページになるまで、めくりつづけた。前に、ママのほうのおじいちゃんの足に雷《かみなり》がおちたとき、その絵を見たことがあったと思ったからだ。

　そのとおりだった。こう書いてあった。

『エリヤは火が天からおちてくるにまかせた』

　ページの上の方に描《えが》かれている暗い雲から走る白い稲妻《いなずま》。それは、まるでべつの宇宙《うちゅう》から発せられた溶接《ようせつ》バーナーの炎《ほのお》みたいだ。地上の男たちの何人かは焼かれて、黒焦《くろこ》げになっている。

　神さまを冒瀆《ぼうとく》すると、こうなるのだ。

　ぼくは神さまを冒瀆《ぼうとく》した。

　ぼくは聖書《せいしょ》におでこをもたせかけた。船酔《ふなよ》いしたとき、床《ゆか》にくっつけるように。そして祈《いの》った。

「神さま、どうかぼくがいったことを忘《わす》れてください。ぼくは、ただ悲しかったのです。いちばんだいじなことは、おじいちゃんがよくなることです。おじいちゃんはもうじゅうぶんに苦しみました。そうは思ってくれませんか、神さま？」

そのとき電話が鳴った。神さまからではなかった。稲妻《いなずま》のしわざでもなかった。

パーシーのママからだった。息子《むすこ》のようすを知りたくてかけてきたのだ。

「おれは元気さ」パーシーの声がきこえた。

そこで、電話は切れた。公衆《こうしゅう》電話の小銭がなくなったのだろう。

18 おじいちゃんが「わしの毛はどこへ行ったんだ?」と、ぼくたちにきく

その日から、おばあちゃんはおじいちゃんの世話をはじめた。ほかのだれにも手をださせなかった。

昼食と夕食のポークステーキはおばあちゃんが自分で焼き、おじいちゃんが食べやすいように小さく切りわけた。おじいちゃんの入れ歯をみがき、おまるの汚物《おぶつ》を庭のトイレにすてに行った。シーツや布団《ふとん》を干《ほ》したり、足の爪《つめ》を切ったり、温めたスポンジでおじいちゃんの体をふいたりもした。

おじいちゃんは、ひげだけはそらせようとしなかった。

おばあちゃんは窓辺《まどべ》の椅子《いす》にすわるのをやめて、しょっちゅう、おじいちゃんの部屋へ行き、話し相手になった。そんなとき、おじいちゃんはソファに横になったまま、青い目で天井《てんじょう》を見つめていた。ときには天井《てんじょう》になにか見えたみたいに、ほほえみを浮《う》かべることもあった。

ぼくには、そんなふうに見えた。

おばあちゃん以外には、パーシーとぼくしか、おじいちゃんの部屋に入ることはゆるされなかっ

た。

「おじいちゃん、なにを見てるの？」ぼくがきくと、おじいちゃんは「大草原の空さ」とこたえた。

ぼくには、さっぱりわからなかった。

おじいちゃんは前とはちがう。おならをしない。「光に耐《た》えられん」といって、一日じゅう紺色《こんいろ》のロールカーテンを窓《まど》におろしている。朝でも夜でも、「わしは、もう寝《ね》るぞ」という。そして、「パーシー、寝《ね》る前にすこし本を読んでくれないか？」とせがむ。

おじいちゃんはいつも、パーシーに本を読んでもらいたがった。

パーシーは「あいよ」と返事をして、いつもすすんで『バッファロー・ビル』を読んだ。

不思議なことに、バッファロー・ビルは年をとればとるほど、はらはらドキドキする逸話《いつわ》がふえ、それにつれて、おじいちゃんはどんどん元気になっていった。忘《わす》れていたことを急に思いだしたかのように、ククッと笑ったりすることもあった。

「そうだ、そうだった。先を読んでくれ」おじいちゃんにうながされて、パーシーはつづきを読んだ。

「……あの晩《ばん》、ワイルド・ビル・ヒコックとわたしは、ふたりで飲める以上の酒瓶《さかびん》に埋《う》もれてすわっていたと思う。すると、カー将軍《しょうぐん》がわたしにいった。『コーディ、このあたりにはカモシカがたくさんいる。わたしたちが野営するあいだ、すこしとらえてくれないか』。この要請《ようせい》を、わたしは

ただちに実行した。狩猟《しゅりょう》はうまくいった。わたしは一日に二十から二十五頭のカモシカを撃《う》ち、全隊員に新鮮《しんせん》な肉を届《とど》けつづけることができた」

「そうか、そうだったか。なあ、おまえたち」おじいちゃんは声をはずませた。「カモシカは二十七頭だ。それより多くも少なくもない。いや、二十八頭だ。くそっ、わしの腹《はら》が。しょうがない」そういったとたん、おじいちゃんは久しぶりにおならをした。弱々しい音だったけれど、とにかくおならをしたんだ。

「もうすぐ、よくなるね」ぼくはいった。

するとと、おじいちゃんはぼくにウインクして、ささやいた。

「ウルフ、わしはよくなりたくないのだよ。でも、だれにもいうな」

「いわないよ」

「それから、もうひとつ。おばあちゃんにきいてみてくれないか？　わしがプレゼントした写真をまだ持っているかと。なんの写真かわかるな？」

「うん」

「もしまだ持っていたら、持ってきてくれとたのんでくれ」

ぼくはすぐに実行した。

おばあちゃんは台所で、おじいちゃんが夕食に使った皿を洗《あら》っていた。小さな声で鼻歌をうたっている。

「おじいちゃんが『バッファロー・ビル』の写真、まだ持ってるかってきいてるよ」ぼくはきいた。

「どうなの？」

おばあちゃんはふりむいた。夕日に頬《ほお》が赤く染《そ》まっていた。

「どこかにあると思うけど。あれをどうしたいのかしら？」

「さあ、ぼくにはわからないよ」

おじいちゃんが病気のあいだ、パーシーとぼくにはやることがたくさんできた。

おじいちゃんはサイドテーブルにホイッスルを置いていて、ぼくたちにきてほしいときには、それをふいた。そして、ぼくたちが駆《か》けつけるたびに、あれこれ用をいいつけた。

「薪割《まきわ》りをしろ！」といわれれば、ぼくたちは薪割《まきわ》りをした。ほかにはなにをしたかというと、草とり、ジャガイモ掘《ほ》り、雨どいの修理、それからおばあちゃんが髪《かみ》を洗《あら》えるように、樽《たる》にためた雨水をくんできたりした。

おばあちゃんは週に二度、おじいちゃんを喜ばすために髪《かみ》を洗《あら》った。

ある日、玄関《げんかん》ホールのストーブのすすはらいをしているときに、パーシーがぼくにきいた。

「どうだ？　ピーアのことで悲しかったこと、もうよくなったか？」

「ううん、まだ悲しいよ。でも、そんなにしょっちゅうは感じなくなってる」

「じゃあ、村へ行って、ピーアに会っても平気かどうかためしてみるか？」

「それは、だめ。ぜったいに」

「やっぱりだめか」パーシーはすこし考えてからいった。「ホウレンソウを食べるようなものだな。慣れるのにすこし時間がかかる」

「たぶんね」

そのとき、おじいちゃんのホイッスルが家の中に響《ひび》きわたった。

ぼくたちはストーブのふたを閉《し》めて、おじいちゃんの部屋へ走った。

入っていくと、おじいちゃんは背中《せなか》に枕《まくら》をふたつあててすわり、時計を見つめていた。サイドテーブルには、バッファロー・ビルの写真がのっている。

「くるのが遅《おそ》い！」おじいちゃんはどなった。

ずいぶんと元気になっているみたいだ。

「おじいちゃん、なんの用？」ぼくはきいた。

「おじいちゃん、おじいちゃん」おじいちゃんは陽気にくりかえした。「自分がどんなか見てみたいということにきまってる。なんだと思ったんだ？　鏡を持ってこい。いますぐ！」

ぼくたちは手鏡をとりに走った。昔、おじいちゃんがおばあちゃんのためにサクラの木を切りだして作った手鏡だ。

おばあちゃんは手鏡を、自分のドレッサーに置いていた。ドレッサーには、いろんなものがのっていた。ブラシ、くし、パウダー、指輪、イヤリング、高級な香水《こうすい》の小瓶《こびん》がいくつも。でも、そうしたものをゆっくりながめている暇《ひま》はなかった。

一分もしないうちに、ぼくたちはおじいちゃんのもとへもどった。

おじいちゃんは、馬にのったバッファロー撃《う》ちの名人の写真を見ていた。

「今度は早かったろ？」パーシーが声をかけた。

「まあまあだ。鏡を貸してくれ。カーテンを全開にしろ！」

日光が部屋《へや》にさしこんできたとたん、おじいちゃんは目をしばたたいた。長いあいだ、明るい光を見ていなかったせいだ。昼間に映画《えいが》を見て、まっ暗な映画館《えいがかん》から外に出たときと同じだ。

「さあ、見るぞ」おじいちゃんはいった。そして鏡を顔の前にかかげ、じっと見つめた。

「どう？　いい感じ？」パーシーがきいた。

「いいか、悪いか……」おじいちゃんは自信のない声でいった。「ふむ、わからん。これが、わしか？　わしって、本当にこんなか？」

「自分ではどんなだと思ってたの？」ぼくがきいた。

「顔が長くて、頬《ほお》がこけてると思っていたが。なんてこった。これじゃあ、特大のミートボールじゃないか。それに、わしの毛はどこへ行ったんだ？　なあ、おまえたち？」

「毛ってどこの？」ぼくはまたきいた。

「風になびいていた、長い髪《かみ》の毛《け》だ」おじいちゃんは声をおとした。

「ふきとばされちゃったんだな、きっと。けど、ひげはのびてるぜ。さわってみなよ。ごわごわするぜ」

パーシーは、おじいちゃんのかたい毛がはえているあごをなでた。

ひげがこすれる音がした。

「本当だ。もうすこしのびるまで待つか」おじいちゃんは手鏡をぼくたちにかえした。

それから枕《まくら》に頭を沈《しず》め、目を閉《と》じた。ゆっくりと息をし、ねむっているみたいに動かなくなった。

ぼくたちはロールカーテンをおろし、部屋から出ていこうとした。

そのとき、おじいちゃんが目を開けた。

「おおっ、おまえたち」まるで、ぼくたちが、どこからともなくわいてきたような言い方だった。

「ちょうどよかった。なあ、おまえたち。寝《ね》たきりになっているわしに親切にしたいと思う気持ちがあるなら、キンレンカをひとつ、つんできてくれ。それと、海の水をコップに一杯《ぱい》と、できるだけ大きなイラクサを」

「どうするつもり？」ぼくはきいた。

「どんなものだったか、思いだしたい。あのいまいましい岩を投げたとき、わしはあの中に入っていたものまでいっしょにすててしまった。あの岩は、だいじなものも持っていってしまったんだよ。においとか、味とか、思い出とかもね」

「思い出ってどんな？」パーシーがきいた。

「おまえたちの小さな脳《のう》みそで、気にすることではない。さあ、行け。大工小屋から軍手を持っていけ。行ってこい！」おじいちゃんは手をふって、ぼくたちを追いはらった。そして、こうつけたした。「でも、すぐにもどってこい」

「どこへ行くんだ？」庭のデッキチェアでくつろいでいるパパに呼《よ》び止《と》められた。最近のパパは、ぼくたちが走っていこうとすると、必ずクロスワードの雑誌《ざつし》から顔をあげる。

「おじいちゃんに、海水をくんでくるんだ」ぼくはこたえた。

「海水？　今度は海水か……。おじいちゃんには本当にこまったものだ。昨日はベランダでなにを見つけたと思う？」

「さあ？」

「おじいちゃんの靴《くつ》みがきの箱だよ。中になにが入っていたと思う？　ナメクジにミミズだ！　おじいちゃんは、わけがわからなくなっているようだ」

「ナメクジとミミズをあの箱に入れたのは、おれたちだよ」パーシーが口をはさんだ。「おれたち、生き物を救ったんだぜ」

「おじいちゃんをかばう気持ちは美しいが。やはり、おじいちゃんは病院へ入れるべきだな」パパはそういうと、ふたたびクロスワードに視線《しせん》をおとした。

ぼくたちは先を急いだ。

海岸へおり、ぬれた岩の上でバランスをとりながら、入江《いりえ》の水をコップにすくった。それから家の裏《うら》へまわって、地下室のドアの前にみっしりはえているイラクサをひとつかみひっこぬき、さらにキンレンカのさいている花壇《かだん》へむかった。

小道で、ぼくたちのところへくるとちゅうだったクラッセと出くわした。

「やあ、ウルフ。すこしは元気になった？」

「うーん、それほどでもない」ぼくはこたえた。

「じゃあ、また二、三日したら、くるよ」クラッセはそういうと行ってしまった。

パーシーとぼくは花壇《かだん》へ歩いていった。そしてキンレンカをつむと、ほかのものといっしょにおじいちゃんに持っていった。

「ご苦労」

「どうするの？」ぼくはきいた。

「キンレンカは、においをかぐ」おじいちゃんは大きな鼻の下にオレンジ色の花をかざし、花弁が鼻の穴《あな》に入《はい》るくらい大きく息を吸《す》いこんだ。そしてもう一回。

「たしかに、においがするな。悪くない」おじいちゃんはいった。

つぎに、海水の入ったコップを手にとった。

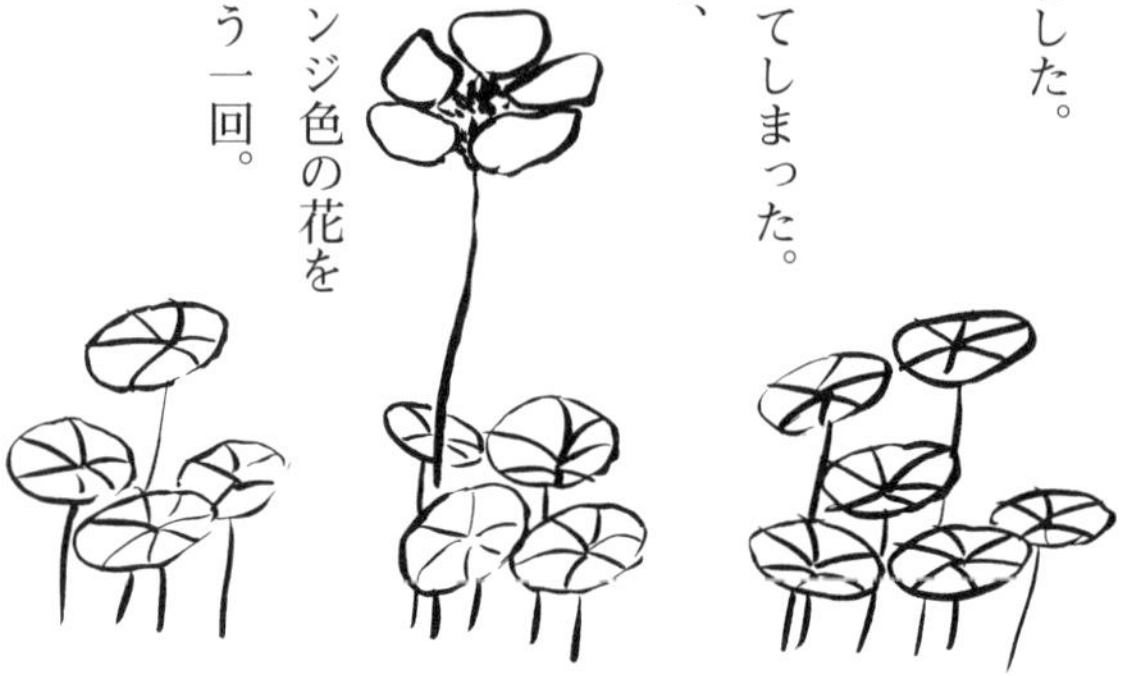

おじいちゃんはこれもくんくんとにおいをかぎ、大きくひと口、口にふくむと、ガラガラとうがいをして、ごくんと飲みこんだ。顔をしかめ、つばを何度もはき、ぼくたちに「台所へ行って、味がなくなるまで入れ歯をゆすいできてくれ」といった。「ううっ、やっぱり、海の水はまずいもんだな！」

そして最後に、おじいちゃんは軍手をはめた手でイラクサをつかみ、片方《かたほう》の腕《うで》におしあてた。おじいちゃんはびくっとして、とびあがりそうになった。

「ううう っ……」

思ったとおりだ。イラクサにふれると、皮膚《ひふ》が焼けるみたいに痛《いた》いんだ。

「わかるよ。おじいちゃん、酢酸水《さくさんすい》と脱脂綿《だつしめん》をとってこようか？」ぼくはいった。

「ああ、たのむ」

イラクサの傷《きず》をふいてあげるのは、今度はぼくの番だった。

おじいちゃんは腕《うで》をだしながら、ぼくにきいた。

「どうだ？　おまえの心はまだ痛《いた》むか？」

「うん」

「いいか、それは別の人に恋《こい》をするまで痛《いた》みつづけるものだ。自分ではどうすることもできない。できることは、おまえの愛にこたえてくれない相手を好きにならないよう、気をつけることだ」

「わかってるって。でも、それもどうすることもできないよ」

「そうだな。そのとおりだ」おじいちゃんはいった。

それから、おじいちゃんはまたソファに横になった。おなかに布団《ふとん》をかけ、枕《まくら》にキンレンカを置き、ひげがのびるのを待つことにするという。

ぼくたちは泳ぎに行くことにした。こっそり部屋を出ていこうとすると、おじいちゃんは軍手をはめたままの右手をあげて、大きな声でいった。

「おまえたち、カー将軍《しょうぐん》によろしく伝えてくれ！」

19 ぼくは、ゆでたタラの目玉を思《おも》い浮《う》かべる

ある日、ぼくたちは庭の白い椅子《いす》にすわって、ジャガイモの皮をむいていた。ぼくは自分のさやナイフで、パーシーは自分の折りたたみナイフを使って。

茶色いジャガイモは、ぼくたちが畑から掘《ほ》りだしてきたものだ。泥《どろ》がおちやすいように、バケツの海水につけてある。

前は皮ごとゆでていたけれど、足に雷《かみなり》がおちてからというもの、おじいちゃんはジャガイモは皮をむいてからゆでてほしいというようになった。

ぼくは慣れていなかったから、皮をむくのに時間がかかった。

それでも、なべの中は皮のむかれた白いジャガイモで、だんだんいっぱいになっていく。

「これ、ドゥ・ゴール将軍《しょうぐん》に似てるな」つぎのジャガイモをとろうとして、ぼくがバケツの中を見ていうと、パーシーは「こっちはレックス・ルーサーだ」といって、あまり形のよくない丸いジャガイモを指さした。

最初の人はフランスの軍人で、二人目はスーパーマンの宿敵だ。

そんなふうに軽口をたたくことが、ぼくたちには楽しかった。ほかにもだれかに似ているジャガイモがないか、ぼくたちはバケツの中をかきまわした。

すこしして、おじいちゃんがもどってきた。旗竿《はたざお》に国旗をあげに行ってきたのだ。

「働きすぎて死んではいかんよ、ボーイズ（おまえたち）」

「労働は楽しいよ」パーシーがいうと、おじいちゃんは
「もっと楽しいことはないか、わしが考えよう」といいかえした。

おじいちゃんはずいぶんと元気に、しかもずっと陽気になった。

いまはもう、体を動かすこともできる。でも歩くとき、前よりももっと背中《せなか》をそらしている。服《ふく》装《そう》も、帽子《ぼうし》とチョッキをかかさず身につけ、いつもきちんとしている。

でも、眼鏡《めがね》はかけたがらない。それで、ときどきまちがった方向へ行ってしまう。おじいちゃん自身は、あまり気にしていないみたいだけれど。

「まちがった方向へ行かなければ、新しいものはなにも見つからない」と、おじいちゃんはいう。

たとえば、この前はまちがって原っぱの先にある靴屋《くつや》さんへ行ってしまった。そして、そこで急に新しい革《かわ》のブーツを注文しようと思いついた。村のだれも持っていない、ヒールがすこしある、ふくらはぎの部分にステッチの入ったブーツだ。おまけに、おじいちゃんは文句ひとつつけずに、

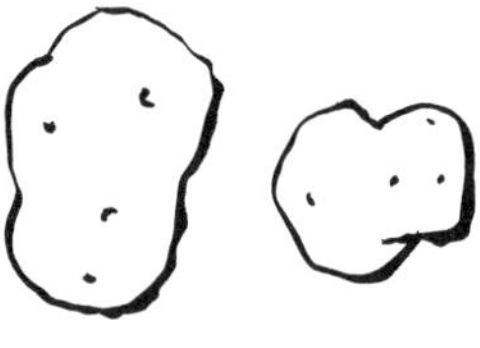

現金で前払《まえばら》いして帰ってきた。

そのとき、家の中からおばあちゃんの声がした。

「ゴットフリード、きてちょうだい！」おばあちゃんは、おじいちゃんをとてもだいじにしている。

「恋人《こいびと》がわしを呼《よ》んでいる」おじいちゃんはそういって、ぼくたちにウインクした。「シー・ユー・レイター、ボーイズ！（あとでまたな、おまえたち）」

最近のおじいちゃんは話すとき、ところどころに英語をはさむ。

おじいちゃんは帽子《ぼうし》のつばに指を二本そえて、ぼくたちに敬礼《けいれい》し、それから同じ指でひげがのびたかどうか、あごをさすりながら家の中へ入っていった。たしかに、ひげはのびていた。まっ白なあごひげが。

「スーン（すぐ）」おじいちゃんは声をはずませた。「ヴェリー・スーン（もうすぐ）」

おじいちゃんが行ってしまうと、パーシーとぼくはすこしのあいだだまって、またジャガイモの皮をむいた。

パーシーがなにを考えていたかは、ぼくは知らない。でも、ぼくは最近のおばあちゃんは本当におじいちゃんにやさしくなった、としみじみ思った。

それから、なぜかはわからないけれど、急にピーアのことを思いだした。ピーアだって、おばあちゃんみたいになってくれてもいいじゃないか！

いきなり、ぼくはむきかけのジャガイモをバケツに投げ入れた。

水がバシャンとはねた。

「ウルフ、どうした？」パーシーが声をあげた。

「ぼくは、けっしてピーアから逃《のが》れられない。いまもピーアのことを考えている。ピーアのことを忘《わす》れたと思いこんでいた。でも、けっして忘《わす》れてはいない」

「ピーアのなにを考えてるんだ？」

「すべてさ。どんなにおいがするか、どんなふうに鼻水をすするか、自転車にのるとき、どんなふうにサドルにまたがるか」

「ピーアのことを考えるのが好きか？」

「もちろんだよ。きまってるじゃないか！」

「でも、それはまちがいだ。おわりにしなければならないことだ」

「じゃあ、どうすればいい？」

「目をつむってピーアのことを考える。そうすれば、わかる！」

ぼくはパーシーのいうとおり、目をつむった。

はじめは、なにも見えなかった。でもすぐに、ピーアがぼくにおおいかぶさるのが見えた。ピーアのカマスをつかまえようとして、ころんで、片方《かたほう》の眉《まゆ》をぶつけたあのときの映像《えいぞう》だ。ずいぶん昔

のこととのように感じるけれど、でもはっきりと見える。ピーアの明るい瞳《ひとみ》。心配そうな顔。もうすぐ、ぼくはピーアのにおいのするピンクのバスタオルをかぶせてもらえる。

「目の前にピーアが見えるか？」パーシーがささやいた。

「うん」ぼくはこたえた。まるで、魔法《まほう》にかけられたような気分だった。

その瞬間《しゅんかん》、パーシーがバケツの水をざぶんとぼくの頭にかけた。塩からい海水と、むいた皮と、ドゴール将軍《しょうぐん》とレックス・ルーサーとほかにも二キロほどのジャガイモが、いっせいにぼくの魔法《まほう》でいかれた頭にふりかかった。

「なにすんだよ？」ぼくはさけんだ。

「おまえのためさ」

「こんなことして、ばかじゃないの？」ぼくは水をペッとはいた。

「そうさ」パーシーはきっぱりといった。

そして、ピーアへの想いを断ち切りたいとぼくに思わせるには、これが考えついたただひとつの方法だったと説明した。

ピーアのことを考えるたびに必ず、ぼくは気持ちの悪いことを思いだす。となれば、ぼくはピーアを見ても気持ちが悪くなるというんだ。

「おまえを助けてやりたいんだ」

「気持ちいいよ」よどんだ水が背中《せなか》をつたうのを感じて、ぼくはいった。

それから、ぼくたちは入江《いりえ》の桟橋《さんばし》へ行き、バケツに新しい海水をくみ、皮をむきおえたジャガイモを洗《あら》い、台所のママのところへ持っていった。

「あと一時間で食事よ」ママがいった。

「じゃあ、おれはスヴァルテンのところへ行ってくる。おれに忘《わす》れられたと思われないようにね。おまえもくる？」

「ううん、行かない。頭を洗《あら》わなくちゃ」ぼくはことわった。

けれども、髪《かみ》の毛《け》のあいだに入ったジャガイモの皮や泥《どろ》を洗《あら》いおとしてしまうと、ぼくはシャツを着替《きが》え、誕生日《たんじょうび》にもらったクレヨンを持って、こっそりと蒸気船《じょうきせん》の桟橋《さんばし》へ出かけていった。

桟橋《さんばし》近くの岩の割《わ》れ目《め》には、カマスの頭がころがっていた。鋭《するど》い歯をむきだし、ほくそえみながら、穴《あな》のあいた目でぼくをにらみつけている。

ぼくは、あの日のカマスを思いだした。ぼくたち家族が島に着いた日、ピーアがうろこをおとし、はらわたをとっていたカマス。

「ピーア……」ぼくはつぶやいた。そして恋《こい》の痛《いた》みに慣れようと、自分でほっぺたをぴしゃりとたたいた。

それから蒸気船《じょうきせん》の待合室へ行った。片側《かたがわ》の壁《かべ》に大文字の落書きがしてあった。ぼくが書いたものだ。

おまえのハートが砕《くだ》けたときは
カールソン印の糊《のり》でくっつけろ

ぼくは箱から赤いクレヨンをとりだすと、その下にもっと大きな字でこう書いた。

なーんて、冗談《じょうだん》さ！

それから、ぼくは待合室のドアを閉《し》め、ひとりぽつんと暗がりにすわった。だれにも、目の中の涙《なみだ》を見られたくなかった。

毎日はすぎていった。パーシーはぼくの失恋《しつれん》の傷《きず》をいやすために、最大限の努力をしてくれた。

ぼくたちは、おじいちゃんの双眼鏡《そうがんきょう》を持って、のろし台の山で岩のうしろにすわることからはじめた。

しばらくすると、ピーアが自転車をこいで全速力で道を走ってきた。雑貨屋へ買い物に行くのだ。

「きたぞ！　さあ、見てみろ。なにを考えるか、わかってるな」パーシーは、ぼくに双眼鏡《そうがんきょう》をさしだした。

ぼくはふるえる手で、パーシーの指示どおり、双眼鏡《そうがんきょう》を逆にして目にあてた。

ピーアはずっと遠いところにいるただの虫のように見えたけれど、
それでも、ぼくの胸《むね》はきゅんとなった。

「いま、なにを考えてる？」パーシーがきいた。

「ピーア」

「くそっ、しっかりしろ。神経を集中させるんだ。どうだ？」

「レバー」ぼくはいった。「レバーとこげたジャガイモ」

「それから？」

「ホワイトソースのかかったブタの脂身《あぶらみ》」

突然《とつぜん》、ぼくはなにかがすこしよくなるのを感じた。ぼくの視界《しかい》の中で、ピーアの顔はもう可愛くはない。ぷるぷるした脂身《あぶらみ》のある、白いぽてっとしたものに見え、ぼくは気持ちが悪くなった。

双眼鏡《そうがんきょう》の正しいほうからのぞいても、変わりなかった。ピーアは買い物をおえて帰っていった。

「どんな感じだ？」パーシーはピーアが視界《しかい》から消えると、ぼくにきいた。

「まあまあかな。でも、快方にむかってはいるみたいだよ」

「いいぞ、ウルフ」パーシーは満足そうに、ぼくの肩《かた》をたたいた。「明日はもうすこし近づいてみよう。もっと気持ちの悪いものを考えるんだ」

家へ帰ると、パーシーのパパが電話をかけてきていた。キャンプ旅行から帰ってきたといったらしい。たまに雨に降《ふ》られたけれど、とてもいい旅行だったそうだ。それで、息子《むすこ》にも家へ帰ってこいとのことだった。パーシーが二十メートル泳げるようになったかどうかも、たずねたらしい。

「ちぇっ」パーシーはいった。

「ご両親に会えるの、うれしいでしょ？」ママがきいた。

「もちろんさ」

「でも、そう急ぐこともあるまい」おじいちゃんがいった。

「パーシーはどうなんだい？」パパがたずねた。「家へ帰ったら、ほっとするだろうね」

「ああ」パーシーはうなずきながら、ぼくを見た。「でも、あと四日は必要だな」

いそがしい毎日になった。

パーシーは足を水底に着けずに、二十メートル泳ぐ練習をしなければならない。ぼくはピーアへの未練に打ち勝つ訓練をしながら、パーシーに水泳を教えなければならない。

午前中、パーシーとぼくは入江《いりえ》の栈橋《さんばし》の近くで泳いだ。

午後になると、ぼくたちは気づかれないようにピーアにこっそり近づき、ピーアを見たら気持ちの悪いものを思いだす訓練をした。

ぼくは、家の窓《まど》ガラスを割《わ》ったとき、パパにわざとやったとこっぴどくしかられたことを思いだした。

ブランコからおちて頭のうしろをぶつけ、ママが編んでくれたばかりの白いセーターを血でべとべとにし、お医者さんにかつぎこまれて傷《きず》をぬってもらったときのことを思いだした。

ある友だちの家で行儀《ぎょうぎ》よく見せるために、くさい魚を無理して食べて、がまんしきれずにその子のお母さんのワンピースにはきだしてしまったことを思いだした。

思いだせる気持ちの悪いことに、ぼくはことかかなかった。

ぼくたちはダンス場のしげみのうしろに隠《かく》れて、ピーアが自転車で通りかかるのを待った。

やがてピーアがやってきた。ぼくは間近に、ピーアの日に焼けた足が力いっぱいペダルをこぐのを見た。ピーアのブラウスが風にはためくのを見た。

それでも、ぼくは気持ちが悪かった。

ぼくは、子どものときから目にしてきたいくつものゲロを思《おも》い浮《う》かべた。パーシーがぼくのシャツをめくって、おなかにじかにのせたカメのねっとりした冷たさを思《おも》い浮《う》かべた。あのとき、パーシーは「このカメはきっと役にたつ」といい、たしかに役にたった。本当にゲロをはきそうだった。

「よし、明日はピーアと短い時間だが対面してみよう。どうだ？」パーシーはぼくにきいた。

「わからない。だめかも」

「最後の関門だぞ」パーシーはいった。


つぎの日、ぼくたちは昼食をすますと、ピーアをさがしに村へおりていった。家へ行ってみたけれど、ピーアはいなかった。お母さんは、どこへ行ったか知らないという。

ぼくたちは、あきらめかけた。

でも歩きまわっているうちに、灯のともらない古い灯台のそばでピーアを見つけた。ウッフェ・E、クラッセ、ビルギッタ、レッフェ、キッキもいっしょだった。

みんなは泳いでいた。そこは遊泳禁止の場所なのだけれど、水ぎわで焚《た》き火《び》までしていた。ピーアはバスタオルにくるまって、焚《た》き火《び》のそばの石に腰《こし》かけている。まだ水からあがったばかりのようだ。

パーシーとぼくは、ハンノキのかげに隠《かく》れた。

「さあ、いまだ」パーシーがささやいた。

「えーっ、やめようよ」ぼくはいった。

「だめだ、やるんだ。ピーアと話をしろ。そのあいだずっと、おまえがきめた気持ち悪いことを考えるんだ、いいな」

「う、うん……」ぼくはいますぐここから逃《に》げだして、二度ともどってくるものかと思いながらも、もそもそとピーアの前に進み出た。

パーシーもついてきた。ぼくがズルしないか見張っているんだ。

クラッセ、レッフェとほかの子たちも、なにもいわない。

ピーアの前に立ったぼくを、じっと見つめている。

「やあ」ぼくは声をかけた。

「こんにちは」ピーアはぼくを見ずにいった。「なにか用？」

「ただ、『やあ』っていいたかっただけさ」

ぼくは、その場につっ立ったまま、ピーアを見つめた。

胃のあたりがきゅっと冷たくなり、つばを飲みこむと口をぎゅっと閉《と》じた。

「なんで、じろじろ見るのよ？　なんで顔をしかめるの？　なに考えてるの？」

「ゆでたタラの目玉」ぼくはこたえた。

クラッセがにやりと笑った。

ぼくはもう一度、つばを飲みこんだ。ゆでたタラの目玉。それは、ぼくが知っているなかでいち

ばん気味の悪いものだった。

おばあちゃんは、ゆでたタラの頭から目玉をフォークでつつきだし、口に入れてもぐもぐかむ。ぼくはそれを見るたびに、いつも目をそらした。

でもいまは、黒い瞳《ひとみ》のある白い小さなタラの目玉が、口の中で歯につぶされて、ぐちゃぐちゃになっていくところを、しっかりと思《おも》い浮《う》かべた。

「ふうん。それはおもしろいこと」ピーアはいった。「それで、パーシーは？　なにを考えてるの？」

「もうすぐストックホルムの家へ帰ること。みんなに会えて楽しかった」

「そう」ピーアはつぶやいた。

それから、パーシーとぼくはいっしょに歩きだした。

クラッセがぼくにむかって、Ｖサインをしている。勝利のサインだ。「やったね！」という意味だ。

ツバメが青い空高くとびかっている。タゲリが小道をはねていく。

パーシーは、ぼくの肩《かた》に腕《うで》をまわした。

「ウルフ、よくやったぞ。気分はどうだ？」

「まだ気持ち悪いよ」

「これできっと、最悪の状態から完全にぬけられるな」パーシーはいった。

20 おじいちゃんがひげをそり、別人のようになる

家へ帰ると、ちょうどおじいちゃんが洗面器《せんめんき》を持って外へ出てきた。

おじいちゃんは熱いお湯が入った洗面器《せんめんき》を玄関《げんかん》わきのセメントの台に置くと、リスやカラスにしかめ面をして見せた。

サスペンダーは両方とも、体の横にたらしてあった。帽子《ぼうし》は首のうしろにずらし、上半身は下着のシャツしか着ていない。足には新しくぬってもらった革《かわ》のブーツをはいている。チェックのシャツは、地面にぬぎすててあった。

「やっとこのときがきた」おじいちゃんはいった。「さあ、いよいよだ」

「なにが？」パーシーとぼくがきくと、おじいちゃんは「アイ　ドント　セイ　ア　ワード（教えない）」と英語でこたえた。

洗面器《せんめんき》を置いた棚《たな》の前には、野イチゴ、ポピー、キンレンカを植えた花壇《かだん》がある。そこに、おじいちゃんはおばあちゃんの手鏡をつきさした。その隣《となり》には、フリンジのある革《かわ》のジャケットを着て、

つばのひろいカウボーイハットをかぶったバッファロー・ビルの写真を立てかけた。

鏡は太陽を反射《はんしゃ》し、光をあたりにまきちらす。

「おじいちゃん、ひげをそるの？」ぼくはきいた。

「わしは、手出しはせん」

「どういうこと？」パーシーもきいた。

「ヒー　ダズ　ホワット　ヒー　ダズ（彼《かれ》のなすがままに）」おじいちゃんはそういうと、コーヒーカップに石鹸《せっけん》をあわだてた。

カモメが煙突《えんとつ》に舞《ま》いおりてきた。なにごとかというように、こっちを見ている。

おじいちゃんはひげそりナイフをひろげ、よく切れるように革《かわ》のベルトにあててとぎはじめた。

ぼくがきいたことのない曲をハミングしている。というか、おじいちゃんがハミングすること自体、ぼくはいままできいたことがなかった。

すこしすると、おばあちゃんが家から出てきて、階段《かいだん》のところに立った。

「もうじき……」おばあちゃんは、もうじき食事ができあがるといいにきたんだろうけれど、そこでおしだまった。ひげそりナイフに反射《はんしゃ》した光が、目に入ったんだ。

おばあちゃんは目をしばたたいた。それから、じっとたたずんだまま、おじいちゃんが頬《ほお》や喉《のど》に石鹸《せっけん》をぬりたくるのを見ていた。

「おばあさん、なにか用？」パーシーが声をかけると、おばあちゃんはなにもいわずに人さし指を口にあてた。

おじいちゃんも口をきかなかった。喉《のど》を切りたくはなかったからだ。喉《のど》のまわりは、しわが深くて、そるのがむずかしいんだ。

それでも喉《のど》のまわりをそりおわると、おじいちゃんは鏡の中のおばあちゃんにむかって、ウインクして見せた。それからナイフを頬《ほお》にあて、上から下へ動かした。一度動かすたびに、刃《は》についた白い泡《あわ》を洗面器《せんめんき》の中ですすいだ。

おじいちゃんは淡々《たんたん》とひげをそった。とくべつなことはなにもなかった。

けれども、ぼくたちは聖書《せいしょ》に書きこむべき、だいじなことを見ている証人のような気分になっていた。聖書《せいしょ》でなければ、『バッファロー・ビル』の本に。

ついに、おじいちゃんの顔には、左右対称《たいしょう》の口ひげと、あごひげだけが残った。

おじいちゃんは、おばあちゃんの爪切《つめき》り用のはさみで、先がとがるように、あごひげの形をととのえた。まさに、写真のバッファロー・ビルそっくりだ。

おじいちゃんはシャツを着た。首のうしろから帽子《ぼうし》をもどし、目深《まぶか》にかぶった。

それから、おばあちゃんをふりかえった。

「どうだね？」一瞬《いっしゅん》、おじいちゃんの顔に不安のかげがよぎった。

でも、おばあちゃんはエプロンで両手をふくと、にっこりほほえんだ。

「すてきよ、ゴットフリード」

「わしをバッファロー・ビルと呼《よ》んでくれ。食事はいつできる？」

「食事？　ああ、そうでした。食事ね」おばあちゃんは顔を赤らめた。

「アイ　ラブ　ユー、ハニー（愛しているよ、可愛いおまえ）」おじいちゃんはいった。そして、おばあちゃんのところへ行く前にぼくたちをふりかえり、ズボンのポケットから紙切れをとりだし、ささやいた。

「おまえたち、これを学校の先生に届《とど》けてきてくれないか？」

おばあちゃんはオークのダイニングテーブルに、最高級のお皿をならべていた。白いテーブルクロスもかけてある。部屋のあちこちには、自分でつんできたワイルドフラワーや野バラやキンレン

カが、いくつものガラス瓶《びん》に生けてあった。

お皿からは、いいにおいがしていた。

ポークステーキだ。おじいちゃんは毎日、ポークステーキを食べる。いちばんの大好物なんだ。

「ごめんなさい。ソースがだまになっちゃって」おばあちゃんが謝ると、おじいちゃんはソースのだまが大きらいなくせに、「ドント　ウォーリー（気にするな）」と返事した。

そしてお皿にジャガイモをとると、肉とジャガイモにソースをたっぷりとかけた。

べつのボウルには、ゆでたニンジンとグリーンピースが入っていた。ほしい人はとっていいのだけれど、おじいちゃんはいらないといった。でも、「アクアヴィットは、いる」といった。

おじいちゃんとパパの前に、おばあちゃんはアクアヴィットをついだ小さなグラスを置いていた。

「チアーズ、ジュニア（乾杯《かんぱい》、息子《むすこ》よ）」おじいちゃんはグラスをかかげた。

「お父さん、酒なんか飲んでいいんですかね」とパパ。

「ほんのすこしぐらい、だいじょうぶよ」おばあちゃんはいった。

するとパパもグラスをあげて、アクアヴィットを飲んだ。

みんなも食べはじめた。

おばあちゃんは肉をかむのがたいへんだから、あまりたくさんは食べなかった。ゆでたニンジンばかり食べて、あとはじっとおじいちゃんを見つめていた。

ぼくは思った。おばあちゃんは、テーブルの花《か》瓶《びん》にさしてある大きなピースローズに似ている。髪《かみ》が白くて、頬《ほお》がピンクだからだ。

「おいしいかしら？」おばあちゃんがきいた。

「ヴェリー（とても）」そういったおじいちゃんは、とてもうれしそうだった。でも、あまりたくさんはしゃべらなかった。そんなにたくさんは英語の単語を知らないんだ。

そのとき突然《とつぜん》、おじいちゃんは椅子《いす》から立ちあがり、大きな声でいった。

「ウェイト（待て）、ええい、くそっ。わしはフォルゴットンした（忘《わす》れていた）ことがある」

おじいちゃんは窓辺《まどべ》へ歩いていき、窓《まど》を開けた。ホイッスルをくわえると、ピーッと大きく長くふいた。

すると、せきをする音がして、そのあとすぐに、きれいなピアノの曲が流れてきた。パーシーとぼくが何回も見た西部劇《せいぶげき》の中の曲だ。こんな映画《えいが》だった。袖《そで》をまくりあげ、つばのある丸い帽子《ぼうし》をかぶった男がサロンのピアノの前にすわっている。ピアノの上にはグラスがひとつ。陽気で、でもどこか物悲しげな曲を弾《ひ》いている。そのとき、その場にいた全員がリボルバーをぬき、撃《う》ち合《あ》いをはじめる。

「学校の先生にたのんでおいたのだ。窓《まど》を開けて、大草原のいちばん美しいバラのために、この曲を弾《ひ》いてくれと。『プレイ　イット（それを弾《ひ》け）。大きな音で、できるだけじょうずに』とね」

おばあちゃんは、ナプキンで目頭をぬぐっている。

それは、本当に美しいメロディだった。学校の先生は弾《ひ》いているあいだ、二、三回しかせきをしなかった。

ところが、パパは肉もジャガイモも残っている皿をわきにどかすと、いった。

「とにかく、電話して医者を呼《よ》びませんか？」

「呼《よ》ばなくていいわ」おばあちゃんは、ぴしゃりといいかえした。

食事がすむと、おじいちゃんはおばあちゃんにキスをした。

おばあちゃんはもう、顔をそらしはしなかった。

不思議だ。これまで、おじいちゃんのことを愛していなかったおばあちゃんが、灰色《はいいろ》のカウボーイハットをかぶり、いい加減な英語を話す、足もとの危《あや》ういバッファロー・ビルを愛しているように見える。

「今夜は、『バッファロー・ビル』の最後の章を読もうか？」パーシーがおじいちゃんにきいた。

「おれ、今夜が最後だからね。読みたいんだ」

「サンク　ユー（ありがとう）」おじいちゃんはいった。「だが、わしはいいよ。おまえたちで読みなさい。それからな、ボーイズ（おまえたち）。白状すれば、あの本には、あちこち、つけくわえられた箇所《かしょ》がある。本を売るためには、そうしないとな。あの本には作り話がたくさんあるのだよ。それから、もうひとつ。明日の朝は、わしを起こさないでくれ。たぶん、今夜、迷子《まいご》になるだろうから、明日の朝はゆっくり寝《ね》ていたいのだ。だが、昼間は射撃《しゃげき》をするぞ。約束だ！」


その晩《ばん》、パーシーとぼくはひと泳ぎしようと、入江《いりえ》へおりていった。なんとなく、ぼくたちは家にいないほうがいいと感じたからだ。

桟橋《さんばし》のそばでは、カンムリカイツブリのつがいが泳いでいた。鳥たちはいともかんたんに泳ぎまわっていたけれど、パーシーはなかなか二十メートル泳げるようにはならなかった。海を行く船に明かりがともる時間になっても、十五メートルが限度だった。

ぼくたちは入江《いりえ》にぴんとロープを張り、一メートルごとに黒く印をつけた。目標の二十メートルのところは、赤い線だ。パーシーの頭が沈《しず》んだところでロープを見れば、泳げた距離《きょり》はひと目でわかる。

「十三メートルと五十センチ。どんどん悪くなる」ぼくはいった。

「くそっ！」パーシーは夕日のようなまっ赤な顔でどなると、水をペッとはき、もっとなにかいおうとして、苦しそうにあえいだ。「……あと一回だけ」

「やめよう。疲《つか》れてるし、もう暗いし。もうすぐ線も見えなくなる」

「ちぇっ、泳げるようにならないじゃねえか！」パーシーは思いきり足で海面をけとばし、しぶきをあげて桟橋《さんばし》にあがってきた。それから海水パンツをぬぎ、バシャンと桟橋《さんばし》に投げつけた。

「もうすこし練習しないとね」ぼくはいった。

「だけど、いつやったらいいんだ？」パーシーは鼻をフンと鳴らした。「明日の午後には、おれは帰るんだぜ」

「そうだけど……」

ぼくたちは重い足どりで、家へもどった。

ママがぼくたちのために、ポットにココアを用意しておいてくれた。ポットのココアとお皿にのったチーズサンドとリンゴをひとつずつ、ぼくたちにくれると、ママはいった。

「部屋に持っていきなさい。もう寝《ね》たほうがいいわ」

ぼくたちはいわれたとおり、婦人用キャビンへ行き、横になった。

おじいちゃんの足に雷《かみなり》がおちてから、おばあちゃんはぼくたちだけではほったて小屋で寝《ね》かせてくれなくなった。

おじいちゃんまでが、「おまえたち、家の中で寝《ね》るか、わしの手で小屋を海に掃《は》きすてるかだ」といった。

それで、ぼくたちが家の中で寝《ね》ることをえらぶと、にいちゃんは自分の布団《ふとん》を持って、玄関《げんかん》ホールにひっこしていった。だから、ぼくとパーシーはふたりきりでゆっくり寝《ね》ることができた。

パーシーは天井《てんじょう》を見あげながら、不機嫌《ふきげん》そうな顔で大きくため息をついた。

「おれにたりないのは、つまり、最後の数メートルが泳ぎきれないということだ」

「できるようになるよ」ぼくはいった。

「おれを慰《なぐさ》めるために、そんなことばかりいってら」

「うん。でも、なにがいけないのか、ぼくにはわからないよ。泳ぎ方は正しいのに」

「そうだな。それでも、うまくいかない。もうすこし陸泳ぎを練習したほうがいいのかも」

「えーっ、もう寝《ね》たほうがいいよ。明日、元気でいるために。『バッファロー・ビル』を読んであげる。泳ぎ以外のことを考えられるように」

ぼくはパーシーのため息をききながら、いくつもページをめくった。

バッファロー・ビルが愛馬のビッグ・ブルと競走する場面、大草原でバッファローの大群を追いかける場面、インディアンに追われて逃《に》げる場面を読んだ。パーシーがねむるまで読みつづけた。

パーシーはねむりながら手足を動かし、泳ぐまねをしていた。

ぼくは電気を消した。

すこしして、ぼくもねむりにおちたけれど、バッファロー・ビルは夢の中でも白い馬にまたがり走りつづけていた。

はるか遠くに、大草原を行く馬車の車輪の火花が見える。ひづめは力いっぱい地面をけり、バッファローの大群は雷《かみなり》のような音をとどろかせる。はるか遠くから、月にむかってほえる犬の声がきこえる。

それから、おばあちゃんがひとりでクスクスと笑っている声がきこえたような気がした。

21 パーシーがターザンになり、ターザンがワニとタラの息子《むすこ》になる

つぎの朝、パーシーとぼくはおじいちゃんの部屋へ行ってみた。

でも、おじいちゃんはいなかった。前の晩《ばん》に宣言《せんげん》したとおり、迷子《まいご》になってしまったんだ。サイドテーブルには、入れ歯だけが残っていた。入れ歯は、ほほえみを浮《う》かべていた。これまでに笑ったことのない入れ歯が。

おじいちゃんはどこへ行ったんだろう。

「海におちたりしてたら、たいへんだ。おばあちゃんに知らせなくちゃ」ぼくがいうと、「おばあさん、おかくしなっちまうぜ」とパーシーはいった。

でも、おばあちゃんはおかしくなったりしなかった。おじいちゃんが迷子《まいご》になっていた先は、おばあちゃんのところだったからだ。

おじいちゃんは、肘《ひじ》かけの部分にライオンの頭の彫刻《ちょうこく》がついているソファで、おばあちゃんの隣《となり》に横になっていた。おばあちゃんの肩《かた》に丸い頭をもたせかけて、ねむっているのだ。おばあちゃん

のネグリジェに、ちょっとよだれをたらしているけれど、とても幸せそうだ。

おばあちゃんもだ。

ぼくたちがドアのすきまからのぞくと、おばあちゃんは薄目《うすめ》を開けて、片手《かたて》をふって、ぼくたちに立ち去るように合図した。

ぼくたちは大工小屋へ行き、空《あ》き缶《かん》をとってきて、船尾《せんび》客室のベランダの手すりにならべた。そして、空《あ》き缶《かん》めがけて小石を投げた。

カン！　チン！

空《あ》き缶《かん》の音で、ママが目をさました。

「あなたたち、なにしてるの？」ママがさけんだ。

「朝ごはん、まだ？」ぼくがきくと、ママは起きてきて、朝食のしたくをはじめた。

鉄板にならべているのは、スコーンだった。目新しいメニューだ。イギリスのものらしい。雑誌《ざっし》で作り方を見つけたんだって。

ママがスコーンを焼いたのは、パーシーのためだった。今日は、パーシーが船で帰る日だから。

でも、いちばんたくさんスコーンを食べたのは、パパだった。バターとマーマレードをつけて、八個も食べた。

「この丸いパンは、なかなかうまいな」パパはいった。「最後のひとつは、パーシーが食べなさい。

ママはきみのために焼いたんだから」

「ううん、いいよ。食いすぎると、足がつって死んでしまうもの」

「そんなことにはならないよ」パパは笑った。

「なるよ。これから入江《いりえ》へ行って、泳ぐんだから」パーシーはいった。

ぼくたちはもう腰《こし》をあげて、洗濯《せんたく》ロープに干《ほ》してあるタオルと海水パンツをとりに行こうとしていた。

ドアから出ていこうとすると、ママがパーシーを呼《よ》び止《と》めた。

「パーシー、お昼はなにがいい？　今日は、あなたの好きなものを作ってあげる」

ママはコーヒーのスプーンを顔の横にあげた。まるで、願いごとがかなう魔法《まほう》のムチを持った、主婦の妖精《ようせい》みたいに。

ぼくだったら、チーズサンドをふたつと、ブラウンソースのかかった牛股肉《ぎゅうももにく》のステーキと、生クリームのプチ・シュークリームがいいといっただろう。

でも、パーシーはこういった。

「なんでもいいよ。ポークステーキにしたら？　バッファロー・ビルの好物だから」

それから、ぼくたちは桟橋《さんばし》までいっきに駆《か》けていった。

はじめは、一刻《いっこく》も早く泳ぎたい一心で。でもスピードがあがるにつれ、止まらなくなってしまったんだ。おじいちゃんの家からの坂道は本当に急だから、足が勝手に動いてしまうのだった。

ぼくたちの足は、桟橋《さんばし》まで止まらなかった。パーシーが先頭だった。

海水パンツは家ではいてきた。

パーシーはタオルに包んできた服を桟橋《さんばし》に投げると、「おれは、ジョニー・ワイズミュラーだ！」とさけんで、海にむかってとびだした。

ジョニー・ワイズミュラーは、映画《えいが》でターザンを演じている俳優《はいゆう》だ。そして、オリンピックの水泳の金メダリストでもある。

「アーアアーーー！」パーシーはターザンみたいに、空中でおたけびをあげた。

「こっちは、パットン将軍《しょうぐん》だ！」ぼくもさけぶと、とびこんだ。

パットン将軍《しょうぐん》は第二次世界大戦で活躍《かつやく》したアメリカ陸軍の猛将《もうしょう》で、戦争中、もっともタフな軍人だった、ということを、ぼくは『ザ・ベスト』で読んだ。

でも、いまのパットン将軍《しょうぐん》は、海面におなかをぶつけた。

そのまま前かがみになって、入江《いりえ》の底からひとにぎりの泥《どろ》をすくうと、水をしぼって手榴弾《しゅりゅうだん》の形にし、ジョニー・ワイズミュラーの頭めがけて投げつけた。

こうして、第二次泥《どろ》戦争がはじまった。

ジョニーふんするターザンは、動物たちの援軍《えんぐん》を得た。象の小部隊が、パットン将軍《しょうぐん》の顔に泥水《どろみず》

をあびせかけた。将軍《しょうぐん》は泥団子《どろだんご》の一斉射撃《いっせいしゃげき》で応戦。ターザンは足をふみまちがえて、冷たい水をガブッと飲んでしまった。

「ピーアの気をひいた報いだ！」パットン将軍《しょうぐん》はわめいた。

「くそっ、ゴホッ、ゲボッ」ジョニー・ワイズミュラーはせきこんだ。

けれども、すぐにカバたちが反撃《はんげき》に出た。ターザンは敵の戦列に対し、カバたちに尻《しり》をむけさせると、悪意をこめてしっぽをふりまわし、第七軍全体に糞《ふん》をばらまいた。

パットン将軍《しょうぐん》は、スウェーデンの人気漫画《まんが》〈兵卒・九十一番カールソン〉の助けを借りようとした。

そこへクラッセがやってきた。なにしろ、今日はパーシーが島にいる最後の日だから。

「なにしてるんだよ？」

クラッセの声に、ジョニー・ワイズミュラーはパーシーにもどって、いった。

「よう、クラッセ。会えてうれしいよ。腹《はら》ごなしに、ちょっととびこんでみたりしてただけ。おれはこれから、二十メートル泳がなくちゃならないからさ。いま泳げなければ、一生泳げない」

「がんばれよ」クラッセはいった。

パーシーは、測定用のロープのスタートの線のところへ行き、顔の泥《どろ》を洗《あら》いおとした。記録をうちたてるときは、きれいな顔でいたかったんだろう。

「三つ、かぞえてくれ」パーシーはそういうと、大きく息を吸《す》いこんだ。

「一、二、三」ぼくはかぞえた。

パーシーは泳ぎはじめた。いい調子だ。最初の十メートルは、あっというまに、まるですべるように泳ぐことができた。

クラッセは口笛で、スウェーデン国歌をふきはじめた。パーシーが二十メート泳ぎきると確信しているんだ。

ところが、十二メートルをすぎたあたりで、パーシーは危《あや》うくなってきた。それでも五メートルがんばって進んだが、ついに頭が沈《しず》みはじめた。

「ああ、なんということでしょう。パーシー選手は力つきてしまったようです！」クラッセはラジオの名物アナウンサー、スヴェン・イェリングの声色をまねていった。

「しっ！」ぼくはクラッセにむかって、いった。パーシーの耳に入れたくなかった。

クラッセは、パーシーにとって二十メートル泳ぐことがどんなに重要なことか、わかっていない。

パーシーはもう泳ごうとはしなかった。桟橋《さんばし》にはいあがるのがやっとだった。ぼくは手を貸した。

パーシーは桟橋《さんばし》にすわりこむと、あえぎながら首を横にふり、足をバタバタさせた。そして、ぼくを見た。

「十七メートル……」ぼくは小声で結果を教えた。「十七メートルとちょっと」

「ちくしょう」パーシーはつぶやいた。

「でも、泳ぐ姿《すがた》はとてもきれいだった」クラッセはいった。「こんなきれいな泳ぎ方は見たことがない」

「うん」ぼくもあいづちをうった。

「それがなんだっていうんだ？　型を競ってるんじゃないんだ。二十メートル泳げるようになるって、おれは父さんに約束したんだぞ。父さん、とってもうれしそうだった。そいつは、すばらしい、パーシー、本当に楽しみだって、いってくれたんだぞ」

「つぎはきっとできるよ」ぼくはいった。

「つぎなんかない！」

「どうして、ないっていいきれるの？」

「おれは、もう疲《つか》れた。もう泳げない。苦しくて窒息《ちっそく》してしまいそうだ」

そのとき、ぼくはふと思いついた。

「ドーバー海峡《かいきょう》を泳いでわたる人って、どうやってるんだろうか？

ものすごく長い距離《きょり》を泳ぐわけだよね」

「フランス側からイギリス側まで三十四キロメートルを泳ぎきったのは、これまでに三十三人。しかし最短距離《さいたんきょり》を泳いでも、潮《しお》の満《み》ち干《ひ》きにより五十キロメートル以上泳ぐことになる」クラッセは

百科事典を読みあげるようにいった。

「たしか、体に脂《あぶら》をぬっておくんだよね。ぼくたちもそうする？　バターをとってくるよ」

「もういい。どうしたって、おれには無理だ」パーシーは声をおとした。そして、桟橋《さんばし》の上にごろんと体を投げだすと、灰色《はいいろ》の空を見あげた。

ちょうど、太陽が雲のあいだから顔をのぞかせた。

ぼくは、瞳《ひとみ》のないゆでたタラの目玉を思いだし、そのことをパーシーにいった。

いつもならパーシーはぼくの比喩《ひゆ》をほめてくれるのだけれど、いまは「ふうん」とうなずいただけで、ぜんぜんのってこなかった。お父さんとの約束のことで、頭がいっぱいなんだろう。

クラッセとぼくは、パーシーをはさんで桟橋《さんばし》に横になった。こうすれば、とりあえずパーシーが寂《さび》しくはないだろうと思った。

パーシーはあおむけになったまま、息をととのえている。

ぼくは目をつむり、パーシーの呼吸《こきゅう》の音をきいていた。すると突然《とつぜん》、あることに気がついた。パーシーの泳ぎでどこが悪いのか、わかったんだ。

「もう一度、水に入って」ぼくはパーシーをこづいた。

「いやだ」

「今度こそ、うまくいくよ。きみが忘《わす》れていることが、わかったんだ」

「そう、なに？」パーシーはすこし興味を示した。

そこで、ぼくはもっと興味を示してくれるように、間をおいてからいった。

「息つぎだ」

「息つぎ？」

「そうだ。息つぎだ」クラッセもいった。「ぼくもいま、そのことを考えていた」

「どうして息をつぐのを忘《わす》れてるんだ？」とパーシー。

「わからないけど。とにかく酸素がたりないんだ。さあ、水に入って」

パーシーはぼくにいわれたとおりにした。

水に入ったパーシーに、ぼくは教えた。

「両腕《りょうで》をかいて、胸《むね》にひきつけるときに息を吸《す》って、前にのばすときに息をはく。そうすれば、うまくいくよ」

パーシーはためしに二、三かき、泳いでみた。それからロープにそって泳ぎだした。なにもむずかしいことはなかった。ときどき口に水が入ったけれど、パーシーはすぐにはきだした。

あとはカンペキだった。

ついに目標の赤い線まで、泳ぎきった。

「やったー！」ぼくはさけんだ。

パーシーは休むことなく二十メートルのところで方向転換《てんかん》して、さらにスピードをあげて泳ぎつづけた。そして桟橋《さんばし》までもどってくると、「どうだ？」と声をはずませた。「これで、父さんも大喜びだ。おれは泳げた。二十メートル、泳げるようになった！」

「ちがうよ」ぼくはいった。

「ちがうって、なにがちがうんだよ？　ウルフのばかやろう！　おれはちゃんと泳げたじゃないか！」

「だから二十メートルじゃなくて、四十メートルだよ。行ってもどってきたんだから」

ぼくがいったとたん、パーシーは自分の胸《むね》を自慢《じまん》げにたたいた。おれは海を制覇《せいは》したぞといわんばかりに。水に関係するものすべてに勝利したぞというように。小川も、せせらぎも、河も、大海も、そして水道の水も。

パーシーはいま、ターザンにもどった。森の獣《けもの》の息子《むすこ》ターザンは、ワニとタラの息子《むすこ》にもなった。あまりのうれしさに、わけのわからなくなったターザンは、「アーアアーー！」と得意のおたけびを響《ひび》かせると、桟橋《さんばし》にあがってきて、ぼくを水の中につきおとした。

「これから、なにをする？」クラッセがきいた。

「ニンジンを掘《ほ》りに行こう」パーシーはいった。

22 バッファロー・ビルが的をねらい、百発百中させる

パーシーはニンジンを掘《ほ》って、どうするつもりだろうとぼくは思った。

「ねえ、ニンジンなんか、どうするの？」ぼくがきくと、クラッセがささやいた。

「しっ、静かに。わからないのかよ」

それで、ぼくにもなにか危険《きけん》なことをするんだということはわかった。

目的のニンジンは、エリクソンさんちの畑にあった。エリクソンさんはこのあたりでは厳《きび》しく、ものごとに細かいことで有名で、しかも奥《おく》さんがつねに窓《まど》から外を見張っているといううわさだった。

それでも、ぼくたちはりっぱなニンジンを六本、素手で掘《ほ》りだすことに成功し、井戸《いど》のポンプで洗《あら》うこともできた。

パーシーはニンジンをすべてシャツの下に隠《かく》した。

「呼《よ》び鈴《りん》をおしてみる？」クラッセがきいた。

「なんのために？」とパーシー。

「スリルがあるからさ。おしたら、すぐにダッシュで逃《に》げよう」

パーシーは反対しなかった。

ぼくたちはぬき足さし足で玄関前《げんかんまえ》の石段《いしだん》をあがり、呼《よ》び鈴《りん》のボタンに指をかけた。そして、できるだけ長くおしつづけ、あとは一目散に駆《か》けだした。

庭先の門を走りぬけ、郵便《ゆうびん》受けとピーアの家の前を通りすぎ、エステルマンさんちの方へ角をまがった。

ぼくたちは笑いどおしだった。

エステルマンさんの家をすぎたところで、パーシーは足を止め、息をついだ。

「なんで止まるの？」ぼくはきいた。

「馬と話をするときは、息があがってちゃだめだからさ」

ようやくぼくにも、パーシーはスヴァルテンを訪《たず》ねるつもりなんだとわかった。お別れをいいたいんだろう。それから、どれだけ長く泳げたかも。

「だまって行ってしまったら、まずいだろ？　友だちには、そんなふうにはしないものさ」パーシーはいった。

最近のスヴァルテンは、馬小屋の前の原っぱにいつも放されている。

スヴァルテンはパーシーに気がつくと低くいないて、柵《さく》の方へ近づいてきた。そして、柔《やわ》らかい鼻をパーシーの耳にこすりつけた。

するとパーシーはあいさつし、ニンジンを一本、馬の口に入れた。「こいつは、エリクソンさんの庭からとってきたニンジンだぞ。最高級品だ。なあ、スヴァルテン。今日は、おれにとっちゃ、うれしくて悲しい日だ。うれしいのは、おれが四十メートルも泳げるようになったこと。悲しいのは、午後の船で家へ帰らなくちゃならないことだ。だから、もうおまえに会いに、ここへはこられなくなる。でも、毎日おまえのことを思いだすよ。そうだな、午後三時ごろに毎日な。おまえのことは、ぜったいに忘《わす》れない。だから、おまえもおれのこと、忘《わす》れないでくれ」

ぼくたちは、ニンジンがなくなるまでスヴァルテンのそばに立っていた。

それから、歩きだした。

パーシーとぼくは、おじいちゃんのところへ行きたかった。クラッセは、お父さんが船外発動機のオイルを交換《こうかん》するのを手伝うといって、帰っていった。

「あとで見送りに行くよ」クラッセはいった。

家にもどってみると、おじいちゃんはもう起きていた。ぼくたちが最後の坂をあがっていくと、ちょうど大工小屋から出てきたところだった。

ジンジャー入りのヨーグルトが口ひげについている。フェルトのカウボーイハットをかぶっている。歩くとブーツがキュッキュッと鳴る。まだ新しいからだ。

おじいちゃんはぼくたちに、秘密《ひみつ》を抱《かか》えたヒーローのように笑いかけた。手にはライフル銃《じゅう》を持っていた。

「ソー　ゼア　ユー　アー、ボーイズ（おまえたち、いたか）！　さっそくこいつを撃《う》ちに出かけようじゃないか？」

さっそく、ぼくたちは学校の方へすこし歩いていった。たったの二百メートルぐらいだ。でもそこで、おじいちゃんがふらついたので、パーシーとぼくはおじいちゃんを支えなければならなかった。最近のおじいちゃんは、よくふらつくんだ。

「このいまいましい靴《くつ》のせいだ」おじいちゃんはいった。「まだなじんでいないんだ」

ぼくは、おじいちゃんが好きなときにすわって休めるように、家へもどって丸椅子《まるいす》をとってくることにした。

「ウルフ、そいつはありがたい。だが、おばあちゃんにはなにもいうな」おじいちゃんはいった。

ぼくは走っていって、玄関《げんかん》ホールの電話のところから白い丸椅子《まるいす》を静かにとった。

それから急いでいたけれど、ぼくのベッドから青い毛布もとった。毛布があれば、すわって休んでいるときに、おじいちゃんの足が冷えなくてすむ。もう、夏もおわりだからだ。

丸椅子《まるいす》と毛布を持つと、ぼくはベランダのドアからこっそり出ていこうとした。だれにも見られていないと思った。

ところがそのとき、おばあちゃんに肩《かた》をつかまれた。

「あなたたち、おじいちゃんと遠足にでも行くんでしょ？」

「うん」ぼくはうなずいた。おばあちゃんの目を見てしまったから、うそがつけなかった。

「わかってるわ。あの人、薪《たきぎ》小屋に隠《かく》れてたのよ」

ぼくは、おばあちゃんにだめだといわれると思った。

でも、おばあちゃんは「おじいちゃんのこと、よく気をつけてあげてね」といっただけだった。

「足がしっかりしてないから。あの年でころんだりしたら、骨《ほね》が折れちゃうもの」

さらに、おばあちゃんはつけくわえた。

「もうすぐ食事の時間だから、あまり遠くへは行かないように。それからいま、わたしがいったことと、おじいちゃんにはいわないように」

「いわないよ」ぼくは約束した。

すると、おばあちゃんはぼくのおでこにキスをした。

ぼくは、急いでおじいちゃんとパーシーのところへもどった。ふたりはまだ、そんなに遠くまで行っていなかった。

ぼくたちは、のろし台のある山へゆっくりと歩いていった。

とちゅう何度も、おじいちゃんは丸椅子《まるいす》にすわりこんだ。めずらしい形のドングリをひろって見せてくれたり、耳慣れない鳥の声に耳をすましたりした。地面をはいまわっているアリたちがいったいどこへ行くのだろうかと、顔を近づけてながめたりもした。

「こいつらは、まったくあくせくしてるな。さてと、アリはもう見あきた。行くか?」

ぼくたちは、またすこし山をのぼった。

やがて、おじいちゃんが「ここでいいだろう」といいだした。

頂上《ちょうじょう》へつづく最後のカーブのところだった。

平らな草の上に置いた白い丸椅子《まるいす》に、おじいちゃんは腰《こし》をおろした。ぼくは空のように青い毛布を、おじいちゃんの膝《ひざ》にかけた。

おじいちゃんはすわったまま深呼吸《しんこきゅう》し、海を行きかう船やまわりのいろんなものをながめた。

しばらくすると、空の色はうすい灰色《はいいろ》に変わり、サーカスのテントのようにぼくたちを包んだ。

「もうすぐはじまる」おじいちゃんはつぶやいた。

「なにが？」ぼくはきいた。

「エヴリスィング（なにもかも）」

それから、おじいちゃんは「レディース　アンド　ジェントルメン！（紳士淑女《しんししゅくじょ》のみなさん）」といって帽子《ぼうし》をとり、あちこちにむかっておじぎをすると、白い丸椅子《まるいす》に背筋《せすじ》をぴんとのばしてまたがった。

丸椅子《まるいす》が、バッファロー・ビルの自慢《じまん》の駿馬《しゅんめ》ビッグ・ブルのつもりなんだろう。すらりとした足、ダンスを踊《おど》る男性のようにきりっとした姿勢《しせい》の、カッコいい馬だ。

いま、おじいちゃんはブルにまたがり、まわりの岩やしげみや風にゆれる木を見まわしている。

ぼくには、おじいちゃんがなにを見ているかわかった。

風にはためくインディアンの羽根、バンと音をたてて銃《じゅう》を撃《う》つカウボーイ、軍隊、大草原を行く駅馬車、頭を低くし湯気をたてながら走ってくるバッファロー。おじいちゃんの本の最後の章で読

んだ、ワイルド・ウェスト・ショーだ。

「アンド　ナウ（さあ、いまからだ）」おじいちゃんは帽子《ぼうし》を投げすてると、ズボンのポケットに手をつっこみ、ハンカチをとりだした。

その中には、大きくて赤銅色に光る五エーレ玉がたくさん包まれていた。

「投げろ」おじいちゃんはいった。「できるだけ高く！」

ぼくたちはいわれたとおりにした。ひとつずつ、空にむかって高く投げあげる。丸椅子《まるいす》にすわったおじいちゃんが、それを撃《う》つ。

おじいちゃんは銃《じゅう》を肩《かた》にのせてかまえると、引き金をひいた。不思議なことに、おじいちゃんは目があまりよくないのに、つぎつぎと命中させることができた。

「ネクスト（つぎ）！」

ぼくたちは、つぎの五エーレ玉を投げた。

ショーがおわるまで、ぼくたちは投げつづけた。そして、はじまったときと同じく、ショーは突《とつ》然《ぜん》おしまいになった。

おじいちゃんは銃《じゅう》をおろし、最後に深々とおじぎをした。それから立ちあがり、ぼくに丸椅子《まるいす》をさしだした。

まわりには、撃《う》ちおとされた五エーレ玉が、まるで小さな太陽みたいにきらきらと輝《かがや》いて、ちらばっていた。

「こんなもんだ。さあ、帰ろう」おじいちゃんは帽子《ぼうし》をひろうと、いった。「そろそろ、ポークステーキが焼きあがっているころだ」

ポークステーキはたしかに、焼きあがっていた。家に帰るのに、ちょっと時間がかかったからだ。おじいちゃんは五分くらいずつ歩くと、すわって休まなければならなかった。

最後は、学校の窓《まど》の前で、先生が弾《ひ》くピアノをききたがった。曲は『きみの明るい太陽はまたのぼる』という賛美歌だった。おじいちゃんは拍手《はくしゅ》までした。

そして、もうすぐ家というところまでくると、ぼくに「船尾《せんび》からこっそり入って、銃《じゅう》をクローゼットに隠《かく》してこい」といった。そして自分は部屋に帽子《ぼうし》を投げ入れ、ブーツをぬぎ、なに食わぬ顔をした。

おばあちゃんに、「こんなに長く、どこへ行っていたんですか？」ときかれると、「パーシーに、自然界にある不思議なものをこまごまと見せてやったのだ」とこたえた。

食事のテーブルでは、歯のあいだにはさまった肉をとりながら、「出かけていちばんいいことは、なんだかわかるかい？」とみんなに問いかけた。

「さあ。なんですの？」ママがききかえした。

「家に帰れることとさ。ブーツをぬぎ、自分自身になって、観客を気にしなくていいことさ」

「パーシー、きみもそう思うかね？」パパが口をはさんだ。

「わからないよ。まだ家に帰ってきたわけじゃないからね」パーシーはこたえた。

「それもそうだ」パパは短く返事をしただけだったけれど、おじいちゃんは笑いだした。

「あまりくだらんことをいって、わしを笑わせるな」

食事がすむと、おじいちゃんは書き物机《づくえ》の引き出しから一ドル銀貨をだしてきた。ちょうど、パーシーが最後の荷物をカバンにつめたところだった。海水パンツがまだすこしぬれていたんだ。

「これ」おじいちゃんは、ぴかぴかに光る銀貨をさしだした。「ジャスト　キープ　イット（とっておけ）。わしにはもう必要ない」

すると、パーシーはおじいちゃんに抱《だ》きついた。

「くそっ。おじいさんに会えて、おれ、すごく楽しかったぜ」

それから、パーシーとぼくはふたりだけで、蒸気船《じょうきせん》の栈橋《さんばし》へ歩いていった。

栈橋《さんばし》には、パーシーを見送ろうと、クラッセ、ベンケ、ウッフェ・E、妹を肩車《かたぐるま》しているレッフェ、ビルギッタ、マリア、キッキがきていた。そしてピーアも。

船が入ってくると、ピーアはパーシーに話しかけた。

「いつかまた会えるわよね」

「さあな」パーシーはそういうと、みんなに手をふり、船にのりこんでいった。

パーシーとぼくは、なにも言葉をかわさなかった。必要はなかった。ぼくたちは、もうすぐまた学校で会えるんだから。

船はゆっくりと動きだした。

クラッセがぼくの右側に立っている。左側にはピーアがいる。

「パーシーって、本当に楽しい子だったたわ」ピーアがつぶやいた。

「うん」ぼくはうなずいた。

「じゃあ、あたし、帰るわ。バーイ」ピーアは片手《かたて》をすこしだけあげた。

「もうすぐ、ぼくはきみとまた話ができるようになるよ」ぼくはいった。

栈橋《さんばし》には、ぼくとクラッセだけが残った。

そして海岸の先の、おちてこわれたあの黒い岩のそばには、フェルトのカウボーイハットをかぶり、まだ新しい革《かわ》のブーツをはいたおじいちゃんが立っていた。

パーシーをのせた船が目の前を通りすぎていくとき、おじいちゃんは青白く光る太陽にむけて礼《れい》砲《ほう》を撃《う》った。ぴかぴかに光る一ドル銀貨みたいな太陽にむけてまっすぐに。

でも、太陽がおちてくることはなかった。

訳者《やくしゃ》あとがき

この本は、スウェーデンの人気児童文学作家ウルフ・スタルクが書いた『パーシーの魔法《まほう》の運動ぐつ』と『パーシーとアラビアの王子さま』の続編です。

パーシーとウルフが知りあってから三年がたち、ふたりの絆《きずな》はますます強くなっていました。そして待ちに待った夏休みのはじめ、ついにふたりは〈血の兄弟〉の誓《ちか》いをたてます。パーシーはいいます。「〈血の兄弟〉になったということは、夏休みにそれぞれの田舎《いなか》へついていっていいってことだ。でも、おれには田舎《いなか》がない。だから、おれがおまえの田舎《いなか》へついていくってことだ」と。

ウルフの田舎《いなか》は、父方のおじいちゃんとおばあちゃんが暮《く》らすバルト海の島です。親友のパーシーに「島にくるな」とははっきりいえないウルフですが、実は、ウルフのおじいちゃんはものすごく怒《おこ》りっぽくて気むずかしく、しかも子どもが大きらいなのです。そんなおじいちゃんといたずらなパーシーが顔をあわせたら、いったいどういうことになるのでしょう……？

作者のスタルクさんによれば、ご自身はずっと以前から、父方のおじいさんについての話を書きたいと思っていたのだそうです。二〇〇四年秋の来日記念講演会でも、スタルクさんは「頑固《がんこ》だった祖父を地中からよみがえらせて描《えが》きたい」と熱心に語っておられました。それだけに、この『パーシーと気むずかし屋のカウボーイ』は、作者の思い入れがとても強い作品であるといえます。友情、恋《こい》、夫婦の愛情といった人間の心の機微《きび》が淡々《たんたん》と、でも核心《かくしん》を突《つ》いて描《えが》かれ、作者得意のユーモアに笑いながらも、ところどころほろっとさせられる場面もあり、全体にメリハリの効いたテンポのよい物語に仕上がっています。ですから続編とはいえ、これ一冊《さつ》でも独立した話として十分に楽しむことができるでしょう。もちろん、前二作とあわせてお読みいただければ、パーシーとウルフがくりひろげる等身大の少年たちの世界を、よりいっそう楽しんでいただけると思います。

翻訳《ほんやく》にあたっては、いつもながら、スタルクさんにいろいろとお話をうかがいました。昆虫《こんちゅう》好きの画家はたこうしろうさんには、いつにもまして、腕《うで》をふるっていただけたのではないでしょうか。また、装丁《そうてい》の柏木《かしわぎ》早苗《さなえ》さん、小峰書店編集部のみなさんにも、たいへんお世話になりました。心よりお礼を申しあげます。

二〇〇九年　夏

菱木《ひしき》晃子《あきらこ》

カウボーイハットをかぶっている
スタルクさん（撮影Mikael Lundström）

ウルフ・スタルク[Ulf Stark]
1944年ストックホルム生まれ。スウェーデンを代表する児童文学作家。
1988年に絵本『ぼくはジャガーだ』(ブッキング)の文章でニルス・ホルゲション賞,
1993年に意欲的な作家活動に対して贈られるアストリッド・リンドグレーン賞,
1994年『おじいちゃんの口笛』(ほるぷ出版) でドイツ児童図書賞等, 数々の賞を受賞。
他に『シロクマたちのダンス』(偕成社),『ミラクル・ボーイ』(ほるぷ出版),
『地獄の悪魔アスモデウス』(あすなろ書房),『おにいちゃんといっしょ』,
『ちいさくなったパパ』,『うそつきの天才』,「パーシーシリーズ」(小峰書店) 等がある。

菱木晃子[ひしきあきらこ]
1960年東京生まれ。慶應義塾大学卒業。スウェーデン児童文学の翻訳に活躍。
ウルフ・スタルク作品を多く手がけるほか,『ニルスのふしぎな旅』(福音館書店),
『長くつ下のピッピ　ニュー・エディション』(岩波書店),『マイがいた夏』(徳間書店),
「セーラーとペッカ」シリーズ(偕成社),『ノーラ、12歳の秋』(小峰書店) など多数ある。

はたこうしろう[秦好史郎]
1963年兵庫県西宮生まれ。広告, 本の装幀, さし絵などの分野で活躍。
絵本に『ゆらゆらばしのうえで』(福音館書店),「クーとマー」シリーズ(ポプラ社),
『なつのいちにち』(偕成社),『ちいさくなったパパ』(小峰書店) 等,
さし絵に『三つのお願い』(あかね書房),『おにいちゃんといっしょ』(小峰書店) 等がある。

パーシーと気むずかし屋のカウボーイ　[パーシーシリーズ]
2009年7月27日　第1刷発行　　2010年6月10日　第2刷発行

著者　ウルフ・スタルク
訳者　菱木晃子
画家　はたこうしろう
ブックデザイン　柏木早苗

発行者　小峰紀雄
発行所　(株)小峰書店　〒162-0066　東京都新宿区市谷台町4-15
TEL 03-3357-3521　FAX 03-3357-1027　http://www.komineshoten.co.jp/
組版／(株)タイプアンドたいぽ　印刷／(株)厚徳社　製本／小髙製本工業(株)

ISBN978-4-338-24603-3
NDC949　287P　19cm　乱丁・落丁本はお取り替えいたします。